笑う介護。

松本ぷりっつ　岡崎杏里

JN266483

sasaeru文庫

はじめに

「ウチの親はまだまだ若いから、介護とかって、関係ないよ」と思っている人もいるかもしれない。

たいていは、まだまだ現役バリバリの両親が認知症やガンになるなんて想像しないだろう。

自分だって、20代前半から、50代の父の介護と母の看病を背負うことになるなんてまったくもって考えたこともなかった。

しかし、それは突然やってきた。

どうやら、介護や看病は、年齢とは無関係のようなのだ。

病を患ってしまった本人はもちろん、介護者や病人を抱えた家族の暮らしは、その日からガラリと変わってしまう。

介護や看病は決してドラマのような美しいシーンばかりではない。時には、病人を罵り、手を上げてしまうことだってある。さらに、面倒を見る側があまりの過酷さに病気になって逃げ出してしまうことだってある。

「ヒドイ！」という人もいるかもしれないが、これは体験した人にしかわからない真実。

ずっと先か、それとも明日起きるかは、誰にもわからない。

でも、意外にも暗い話ばかりではない。

多くの人に助けてもらって発見すること。

つらい中にもたくさんの「笑い」が転がっていること。

また、そんな「笑い」を探すだけで、毎日が少しだけ、楽しくなっちゃったりするのだ。

紆余曲折しながらも、必死に生きている岡崎家の日常を、ユーモアたっぷりに恥ずかしながらも大公開いたします！

笑う介護。◉もくじ

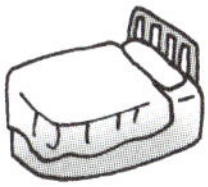

コラム

クロ日記

●本文デザイン／志岐デザイン事務所（萩原 睦）
●編集協力／佐藤マキ
●編集／成美堂出版編集部（松岡左知子、高橋千景）

岡崎家のご紹介

父

自営業。甘いモノが引き金となり53歳からじわじわと脳血管性認知症に。

母

主婦兼家業手伝い。卵巣ガンの闘病を経験する。人生の荒波をパワフルに越えていく、スゴイ人。

杏里

23歳にして会社に勤めながら父の介護、母の看病に取り組んだ一人娘。編集者を経て、ライターに。彼氏募集中。

クロ

雑種。岡崎家の看板犬。老犬ながら、周りに癒しを与えるアイドル。

★「介護保険制度」および「介護サービス」の記述について

※1　本書に記述されている「介護保険制度」および「介護サービス」の説明は、2007年8月現在の情報にもとづいています。

※2　著者家族が利用していた「介護サービス」は、基本的に当時提供されていたものです。法および制度の改正・地域により、現在実施されているものと内容が異なる場合がありますので、あらかじめご了承ください。

1章

その日は突然、やってきた

岡崎家の一大事スタート

父がコタツで寝ていたが…
ガーー
ガーー
顔がまっか!!!
杏里ーー!!!
ギャーッ
そしてあわてて救急車を呼んだ!!
父が大変なんですーーっ!!!
あなたの名前は?
岡崎二郎!!!
↑違う
え…っと。ではご住所は?
住所?!!
えーーっとえっとなんだっけ、クロ!!
?!
住所なんかいいから早く来てもらって!!
でも住所いわなきゃ来てくれないっ
わーわー
…こうして岡崎家の一大事はスタートした。

ズルズルと運ばれた父

介護と看病の日々は、何の前ぶれもなく、突然やってきた。

ある日の食後、甘いモノ好きの父は、初海外旅行（ハワイ）で自分のお土産に買った「made in USA」と言わんばかりの徳用「ナッツのクッキー」を、たったひとりでデザートにペロリと完食。そして幸せいっぱい腹いっぱい、リビング中に「ガーゴー、ガーゴー」といつもよりちょっと大きないびきを響かせて、楽しかったハワイの夢でも見ているようだった。

その頃、私は自分の部屋で「これ、いつ使うの～」といった貝殻アクセサリーなどのハワイ土産を、偶然泊まりに来ていた友人二人と山分けしていた。

すると、

「あんり～、早く、救急車呼んで～!!」

と、尋常でない声で母が叫んでいるではないか！　普段は気丈な母が発している取り乱した叫び声に、いや～な胸騒ぎを覚えた。

急いでその声のもとに駆けつけると、「お父さんがおかしい」と、半泣きの母。

たっ、確かに父の顔色は温泉に浸かるサルより赤いし、呼吸も苦しそうだ。

「これはヤバイ」と、即「119」に電話。このとき私は、自分の家の住所を言うことができないほど、めちゃくちゃ動揺していた。

この岡崎家の一大事に巻き込まれてしまった、不幸な友人二人。その青ざめた顔を今でも忘れることはできない。父からもらったビミョーな貝殻のネックレスを握り締めたまま、二人は目の前の出来事を呆然と眺めていた。

●「救急隊員登場」で、オロオロする家族

救急車が到着すると、救急隊員が父の容態を次々と聞いてくる。私と母は「クッ

キーを食べたら、おかしくなった」と、同じセリフを繰り返すことしかできない。

そんな私たちを見兼ねた救急隊員は、直接父の容態を確認し、父に向かって「お名前は？　誕生日は？」と大きな声で何度も確認していた（聞くところによると、昏睡状態に陥らないように、声をかけ続けるらしい）。さらに、外からは他の救急隊員が「この家の廊下にはストレッチャーが入りません！」と叫んでいる。

「なんだそれ〜、じゃあどうやって運ぶの！」と問う間もなく、家の中には大きな毛布のような布が運ばれてきた。その大きな茶色い布（「布担架」というらしい）に、クルクルと包み込まれた父の姿は、まるで大きなミノ虫のようであった。巨大ミノ虫になった父は、狭い廊下と玄関までにあるいくつもの段差をクネクネガタガタと引きずられ、なんとか家を脱出。

それは、テレビドラマなどで迅速に病人が運ばれるシーンとは程遠い、ちょっとマヌケな光景だったのを今でもよく覚えている。

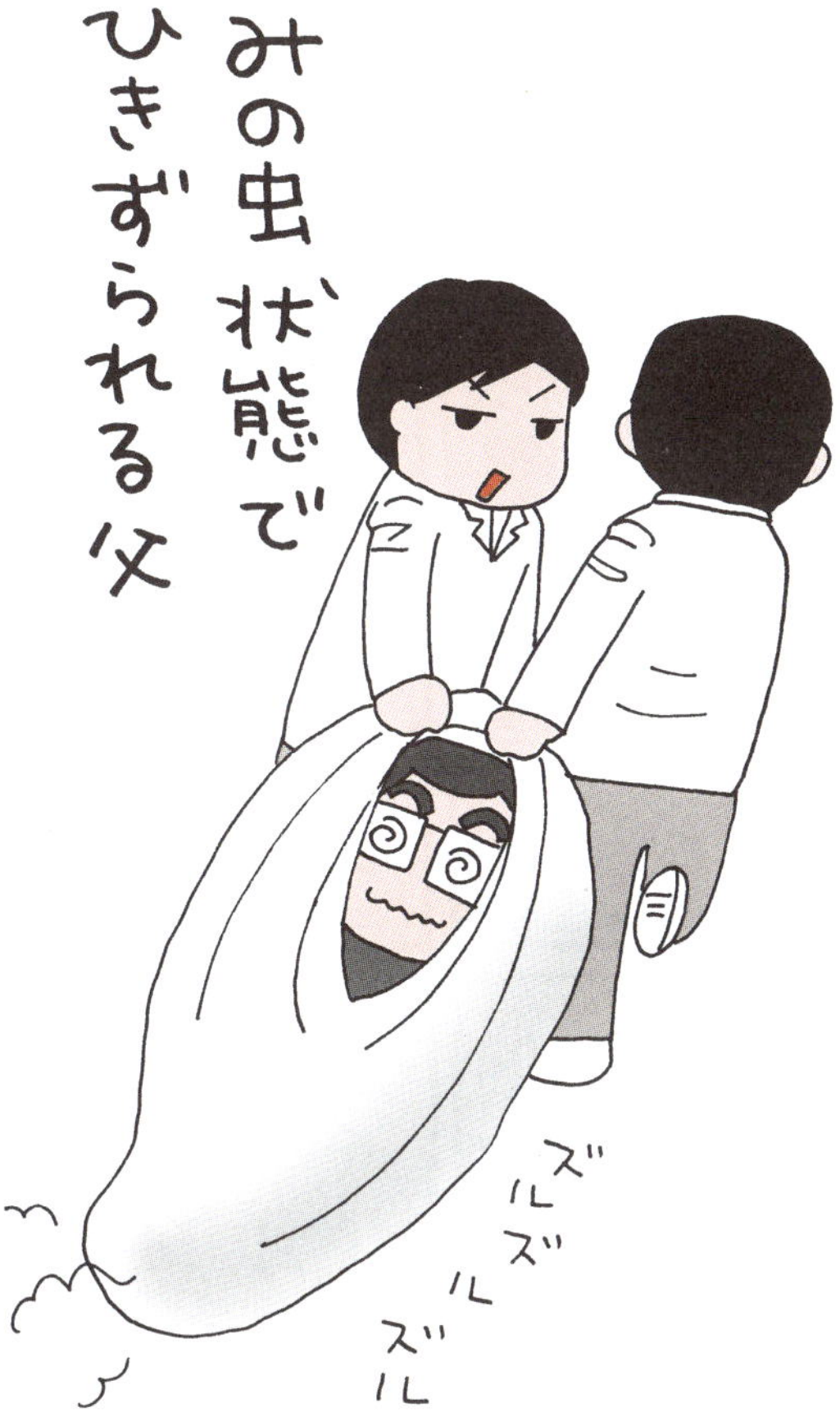
みの虫状態で
ひきずられる父
ズル
ズル
ズル

甘いモノ好きの行きつく境地

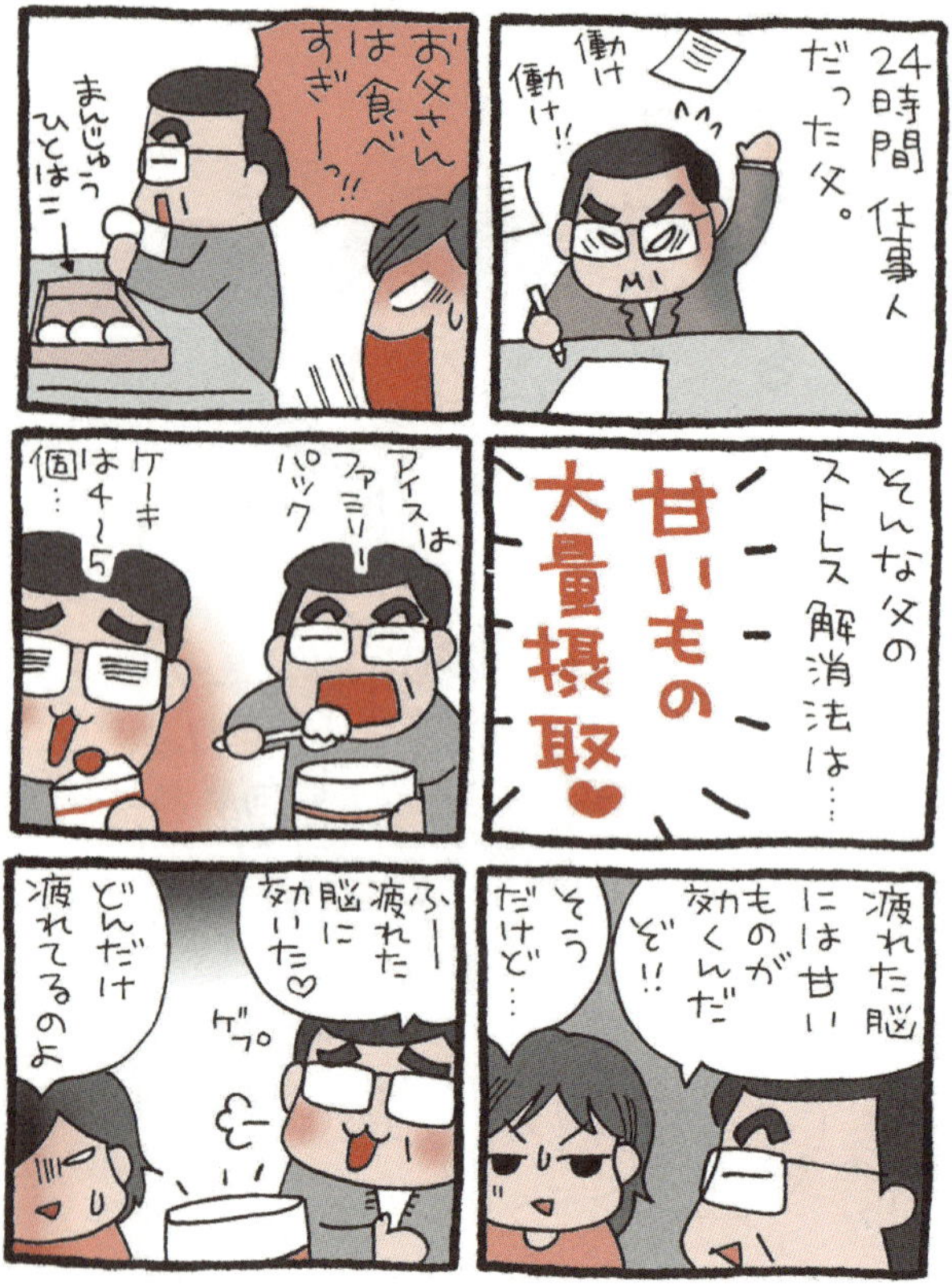

そして究極は…
ポムポム
キコキコ
みかん
じゃー
みかんの缶づめをご飯にかけて食べる!!
またやってる
……
マズそー
何を言う!! うまいんだぞっ
それを目撃した友人も絶句
しゃくしゃく
定番?!
……
みかんはご飯に合うねーっ
そんな食べ方お父さんにしかできないよ…

仕事＋ストレス＋甘いモノ

私が生まれた約30年前、両親は自宅を改造して事業を立ち上げた。会社兼自宅という造りの家では、プライベートと仕事の区別がまったくなく、両親は年中無休、仕事漬けの日々を送っていた。

そして、朝も夜もなく働く両親に代わり、同居していた祖母（父の母）が、私を育ててくれた。

なので、幼い頃の記憶は、クッキーやケーキを作ってくれるやさしい「おかあさんと一緒」の記憶ではなく、隣近所のじじばばとおせんべいばかり食べていた「おばあちゃんと一緒」の記憶ばかりだ。

そんな日々を10年ぐらい送っているうち、事業もボチボチ軌道にのり、両親はますます多忙を極めていった。

特に取り立てて趣味もなく、酒もタバコもギャンブルもやらない父は、「趣味も仕事」が口グセで、「仕事人間」とは、この人のためにある言葉というぐらい、盆も暮れも正月も関係なく、３６５日働き続けた。

●DNAがアダとなり……

そんな父の唯一のストレス解消法が、甘いモノを食べること。24時間仕事人間のストレスは相当だったのであろう。甘いモノの摂取量は、常識を超えていた。

「ちょっと、お隣からお土産でいただいた温泉饅頭（箱入り）はどこいった？」

「全部食べちゃったよ」

「あんた、全部って、20個ぐらい箱に入っていたわよね。あれ全部？」

「そうだよ。うまくてさ、気がついたら全部食べてた」

「え～？　従業員さんたちと食べようと思っていたのに、なんで全部食べるのよ。じいさんみたいに死んでも知らないわよ」

「じいさんとオレは関係ない。いつもいつも同じこと言うんじゃないよ！」

と、夫婦ゲンカの原因の8割は、食べ物と「じいさん」だった（今もそうだけど……）。

ちなみに、母がよく夫婦ゲンカで口にしていた「じいさん」というのは、父の父（私の祖父）を指す。私が生まれるちょっと前に、好物のぼたもち10個を一気に食べ、その直後にポックリ亡くなったというある意味幸せな最期を遂げた伝説の人である。しかし母には、お嫁に来た直後に起きた衝撃的な出来事が、トラウマになってしまったらしい。父はしっかりこのDNAを受け継いでいる。

父の身体を心配して、どんなに母や私が、甘いモノの大量摂取を注意しても、一向にそれを止める気配はなかった。そして、いつからか私たちは注意することを止めてしまった。今思うと、こうなる前にもっと注意すればよかったと反省ばかりが募る。

こうして父は、「じいさん」のようにポックリとは逝かなかったものの、母の思いとは裏腹に、徐々に身体を糖尿病に蝕《むしば》まれていった。

それが引き金となり、脳出血&脳梗塞を繰り返した結果、現在のような介護が必要な生活を送るハメになってしまったのだ。

DNA
間違いなく、親子

リハビリ嫌いの父の怪奇現象

倒れる前からトンチンカンな言動があった父….
入院中にも
ちょっと目を離したスキに….
えっ
コソコソかくれて甘いものを食べたり
あーー
もぐ
もぐ
売店
チョコにキャラメル！
スキを狙っては売店でお菓子を買って食べる始末…
でもね リハビリを嫌がる岡崎さんが売店では….
スタタタ
不自由な左足がスムーズに動いてる気が….
えーーっ
リハビリして回復するのを願ってちょっとだけ
リハビリしたらこれあげる
やったー！
ごほうびをあげることに。

50代で認知症?!

巨大ミノ虫となりズルズルと病院に運ばれていった父の病名は、「脳出血」。深夜にぐったりと病院から戻ってきた母が、担当医から聞いた話によると、さっき食べた徳用「ナッツのクッキー」が引き金となり、血糖値と血圧が上昇。それにより、右脳の血管が破れ、出血したとのこと。

一命は取りとめたものの、右脳の血管が切れた父には、逆側の左半身に麻痺が残ってしまうとのことだった（人間は脳から身体に続く神経が延髄で交差しているため、右脳の血管が切れた父には、左半身の麻痺が残るのだ）。

集中治療室で鼻の穴をおっぴろげて、公害のような大いびきをかき続けた父は、病院に運ばれてから2日後に、意識を取り戻した。

そして、動かなくなった左手足にひどく困惑し、口元にも残った麻痺のせいで「ひま、なんひ（今、何時）？」など、会話すら大変な状態になってしまった。

事業を大きくするために、自分の健康も顧みない生活を送っていた父の身体は、年齢は50代でも、血管のもろさなどは、80代のレベルになっていたらしい。

意識が戻り、身体が動くようになったら、早急にリハビリをしなくてはならない。もともとワガママ大臣でオレ様節炸裂の父は、

「オレは、あそこにいる人（リハビリセンターにいる他の患者さん）とは違うし、あそこにいると、気が滅入る。手足は勝手に動くようになる」などとぬかし、ちっともリハビリをしようとしない（リハビリ室から逃げてた）。

さらに、糖尿病による食事制限を「食べることだけが生きがい」の父が守れるはずがなく、こっそり売店に行っては、チョコレートやジュースを買い込んで、隠れて飲み食いしていた。それを看護師さんに取り上げられる日々。きっと医師や看護師さんからお手上げな患者として（そんなものがあるかどうかは不明だが）、病院のブラックリストに挙げられていたに違いない。

挙句の果てには「病気という認識がないのが、病気です」と主治医に言われる始末（それって、どんな病気だよ。先生、そこを詳しく教えてください）。

そんな「病気という認識がない病気」の父は、その後もリハビリや食事制限など糖尿病を治す努力をまったくせず、幾度も脳梗塞を発症。しまいには、物事の判断をする脳の前頭葉や生命活動に必要な働きをコントロールする自律神経にもダメージを受けた。物忘れや失禁もときどき見られるようになり、50代にして「脳血管障害（脳出血、脳梗塞など脳の病気の総称）による認知症（脳血管性認知症）」と主治医に宣告されてしまった。

主治医によると、脳血管性認知症は、脳細胞が広い範囲で衰退していくアルツハイマー病とは異なり、「脳の血管を電気配線にたとえると、天井裏の配線がショートして、配線の切れた部分の電気がうまく伝わらず、その先の灯りがチカチカしている状態」なのだそうだ。

ここで、私たちが一番理解しづらいのは、倒れる以前の記憶は比較的きちんとしているということ。主治医に「倒れる前の記憶はコップに入っているけど、それ以降の

記憶は、コップから溢れてしまい、溜まりづらい『まだらボケ状態』と言われた。なので、倒れる前に頭に入った仕事関係の知識などは、覚えていたりするのだ。

そんなしっかりした記憶を見せるときの父を見ると、「もしかしたら、また以前の父に戻るのでは？」と期待をしてしまうほどだった（だけど、なぜか食べ物に関することは最近の情報でも頭に入っていくようだ……。う～ん、やっぱり認知症って、まだまだわからないことだらけ）。

続けて主治医は、「一度切れてしまった配線は、決して元には戻りません。これ以上配線が切れないように（病状が進まないように）、現状維持がベストだと思ってこれからは過ごしてください」と付け加えた。

その言葉が「もう父は、治らない」と私の頭で変換され、「言動も行動も十分、トンチンカンなのに、これ以上にトンチンカンになるの？　病気になってもちっとも治す努力をしない父を、私たちは何年面倒を見るの？」と絶望的な気持ちになった。きっと、隣にいた母も同じ気持ちだったに違いない。

父が倒れて間もない当時、母と娘はかなりビビっていたが、今よりはずっと良い状態であった。きっと、この感想は、年月が過ぎるたびに思うことなのだろう。今では「今日の父が、一番元気な状態なのだ」と、やっと思えるようになったが、父の現状を受け入れて、そう思えるようになるまでにはかなりの時間がかかった。

でも時々、そうはわかっていても、こちらが参ってしまいそうなときもある。認知症患者を抱えるご家族はみんなそんな気持ちをどうしているのだろうか。

しかし、ワガママ大臣と長年暮らしてきた母はすごかった。父の頭の中がトンチンカンになるほど頑張って広げた事業は、父の病気により縮小を余儀なくされたが、今度は母が一家の大黒柱となり、細腕（といいたいところだが、細くない）で、これまで築きあげてきた父の事業を切り盛りし始めた。母は強しである。

ところが、その後も岡崎家には、さらなる試練が待ち受けていたのだ。

バリアフリーって大切だ！

岡崎家のおウチは、バリアフリーを完全に無視した「ガタガタ段差だらけ構造」。

祖父による増築や、風水にこった母の改築がその原因である。そのガタガタ段差や狭い廊下が、現在、岡崎家にとって頭のイタイ問題となっている。

緊急時は病人の運び出しも大変。車椅子は狭いドアにつっかえて、入りゃしない。

手足に麻痺のある父は、たった5㎝の段差の昇り降りもひと苦労している。

トイレに行くのも「山越え谷越え」状態だから、間に合わず粗相してしまうこともしばしば（後片付けが大変なのだ、これが！）。

この家、まったく機能的じゃない。バリアフリーでない家は、介護する家族の負担をうんと重くするのだ。ふぅ。

皆さん、「今は関係ない」なんて言わずに、改築のときはよ〜く考えて、ヒトにやさしい、動きやすい設計を心がけましょう。

看板犬クロ

ボク 雑種のクロ
いつも お手伝いを がんばってます!!
ハイ えらいわねー クロ
でも 本当は ごほうびのおやつが目的だなんて…
♪
絶対言えない!!
ぶく ぶく
22Kg
言わなくてもわかりますッ

2章 まさか、母まで？

開け閉め自由ってラクでしょう？

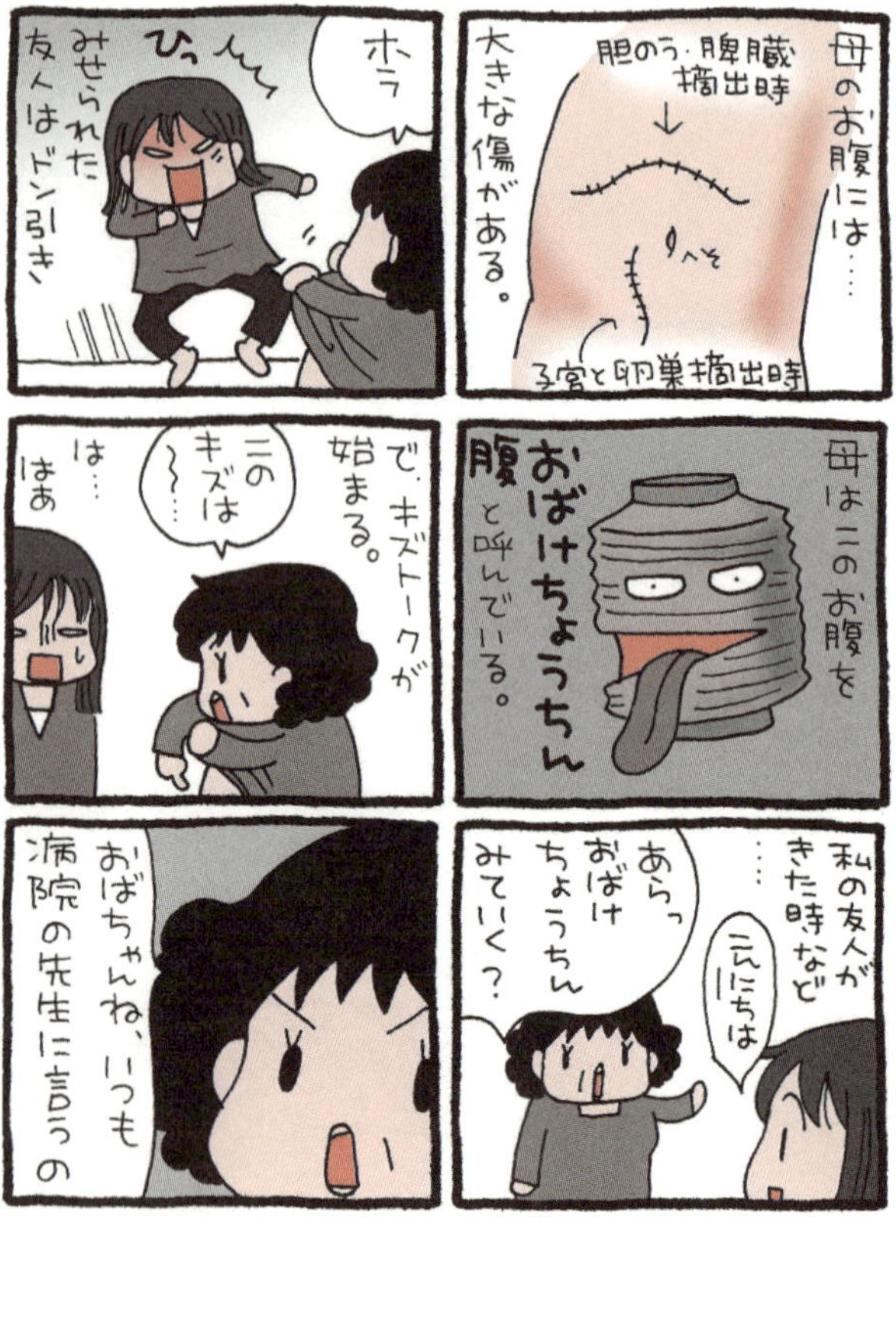

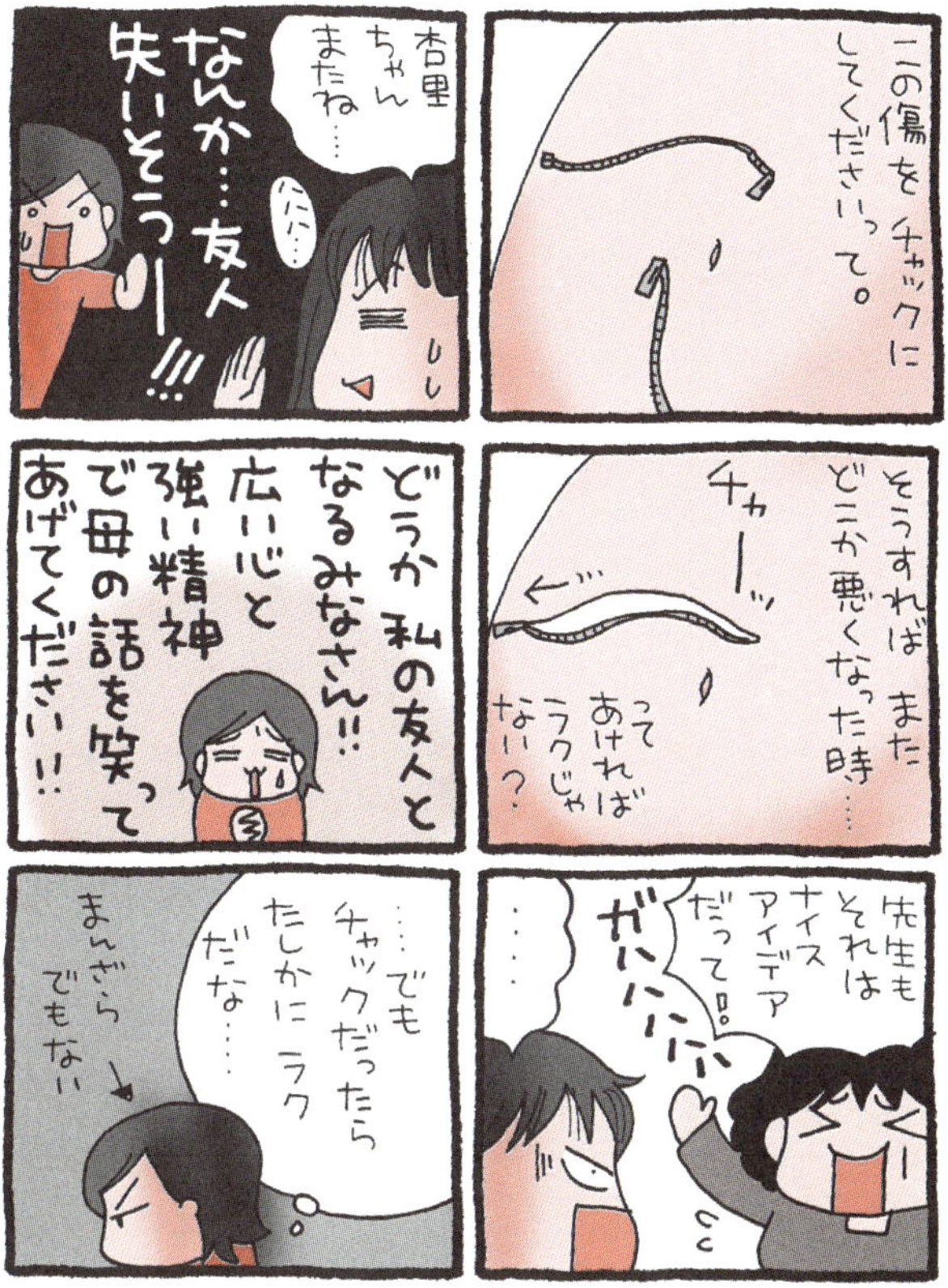
二の傷をチャックにしてくださいって。
そうすればまたどこか悪くなった時……
チャーーッ
←ジ
ってあければラクじゃない？
先生もそれはナイスアイデアだって!!
ガハハハハ
……
杏里ちゃんまたね……
た、た……
なんか…友人失いそうーー!!!
どうか私の友人となるみなさん!!
広い心と強い精神で母の話を笑ってあげてください!!
…でもチャックだったらたしかにラクだな……
まんざらでもない

母、卵巣ガンになる

母は、岡崎家にお嫁に来てから今日まで、「万年厄年」な人生を送っている。その「万年厄年」ぶりは、一冊の本ができるぐらい波乱万丈である。

まず、お嫁に来てすぐに、「ぼたもち」で義父を亡くした（20ページ参照）。

専業主婦でいいという約束だったのに、いきなり父が事業を興し、年中無休で仕事をすることになった。

二人目の子ども（私の弟）を妊娠中（5ヵ月）のとき、義母が難病にかかった。その看病中、義母の病院で破水。その後すぐに病院へ行ったが、すでに弟は、母のお腹の中で亡くなっていた。

義母は難病が治ったと思ったのも束の間、今度はガンに侵された。4年にわたる母の献身的な看病もむなしく、義母は帰らぬ人となった。

その直後、それまでの心労や疲労により肥大化していた胆のう、脾臓を大手術の末に摘出。長期にわたり入院生活を強いられた。

晴れて退院したかと思いきや、子宮内膜症で使用していた薬の副作用で、40代にし

て白内障になり、両目の手術を受ける。
加えて、胆のう、脾臓などを摘出した影響で、静脈瘤ができやすい体質になり、静脈瘤が破裂しないように、プチ手術&入院を繰り返した。
そして、自らが復活したと思った矢先、夫が脳出血で倒れた。挙句の果てには、夫が50代で認知症になってしまい、夫の興した事業を一人で切り盛りするハメになってしまった。

●史上最大の厄災到来

と、母がお嫁に来てからの「厄災人生ダイジェスト」を見て、背筋がゾッとした(そのたびに私は親戚に預けられたり、学生兼主婦をしていたなぁ……)。

よく母が、岡崎家に災難ばかり起きるのは、「先祖にすごく悪いことをした人がいて、そのバチが私たちに災いしているに違いない」と、あまりの不運続きぶりを、目に見えない何かのせいにしていた。

私は目に見えないものは一切信じないタチなので、すべて偶然だと思っている。だけど、「ここまでくるとそうかも知れない……」と、娘も思う今日この頃だ。

さらに、ここから母にとって至上最大の厄災が到来。父が倒れた後の家業が落ち着いたかと思いきや（ってぜんぜん落ち着いてないけど、入院した人がいない年を岡崎家では「落ち着いた年」という……）、どうにもこうにも体調が悪くなり、検査を受けた。

結果は、「卵巣ガンの疑いあり」。目の前真っ暗、シャレじゃないがまさに「ガ、ガ、ガ、ガ～ン」である。もう、これで岡崎家も終わりだ、これまでいろいろな困難を乗り越えてきたけど、今度ばかりは無理だろうと思った瞬間だった。

トンチンカンな認知症の父と、卵巣ガンの母。この両親を一人娘の私は、どうすればいいのだろうか……とただただ途方に暮れるしかなかった。

母と娘の会話

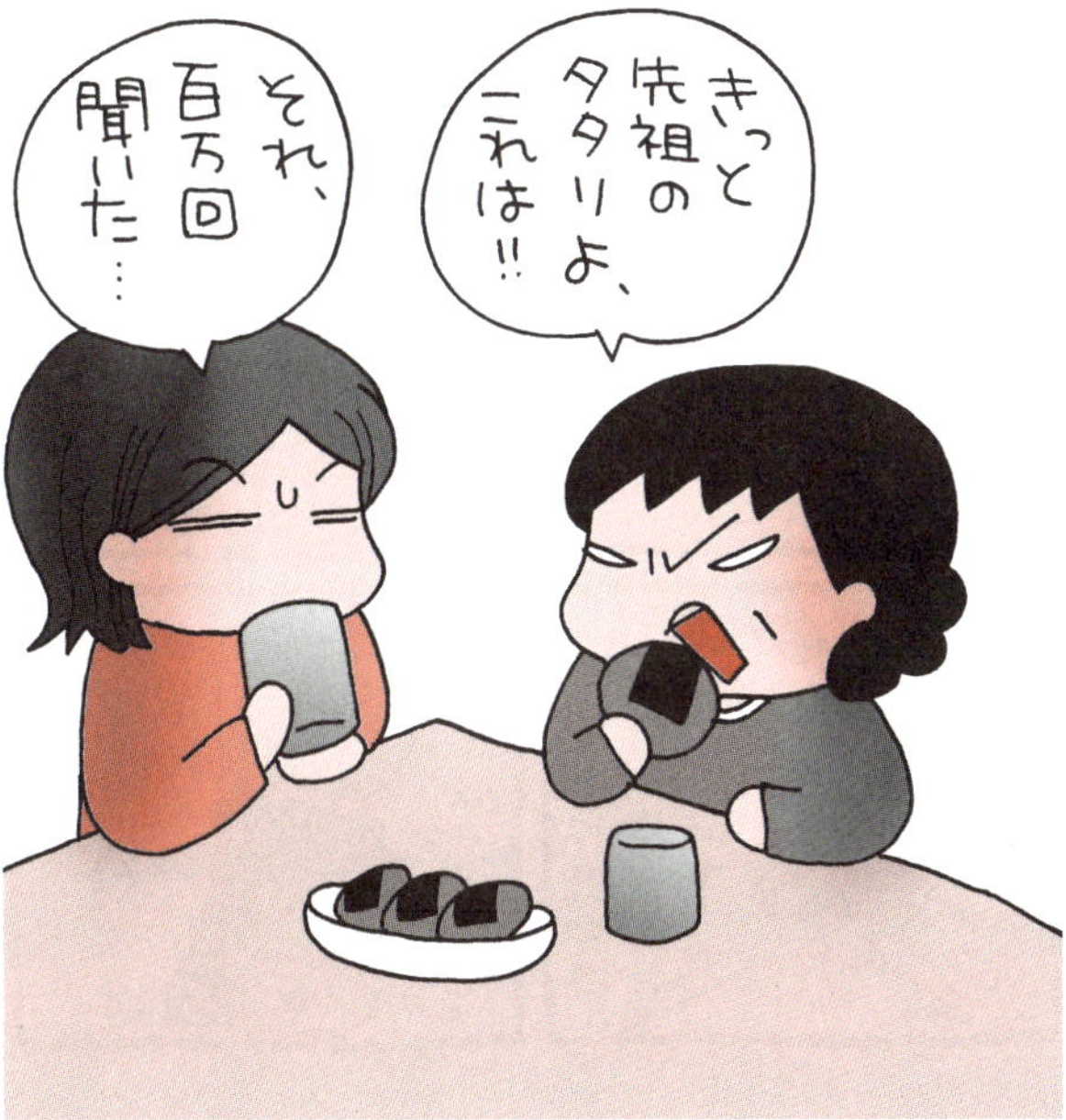
きっと先祖のタタリよ、これは!!
それ、百万回聞いた…

のんきに手術なんてしてられない

岡崎家はなぜか
病人が多い……
あはは
また入院
しちゃったよ!!
波乱に満ちた人生
を送ってきた母が
ガンの
疑いで
入院することに。
まっ
まさか
お父さんは
トンチンカンになって
るし……
お母さん
まで……
私は母の病状が心配。
しかしスポーツ好きの母は
いけー
岡崎さん
手術の
時間ですよ
よし
打てーっ
そこだーっ
あの…岡崎さん…
高校野球に熱中!!
岡崎さんっ
手術ですっ
てばーー
あっ

試合が気になるんだよね～～
手術室でラジオとか流れてないのォ？
お母さんっ
……
ご自分の手術と野球とどっちが大切なんですか?!
うーーん
迷うな
なによっ球児たちが頑張ってるから私も頑張れるんじゃないっ
手術の時くらい忘れなよーーっ
親子ゲンカ勃発
岡崎さーん!!
ちょっと待っててこの打者まで
もーーーっっっ
あーなんでそこでバットふるかなーっ
こんな緊張しない人、初めてよ……
すみません
そして手術へ……
いってきまーす
杏里!!野球の結果報告よーー!!
ガラ
ガラ
神経ずぶとすぎ!!

手術の日

検査で「卵巣ガンの疑いあり」という結果が出てしまった母は、すぐに手術を受けることになった。

長きにわたり「万年厄年人生」を生き抜いてきた母は、「疑いがあるだけで、はっきり〝ガン〟と言われたわけじゃないから、きっとガンじゃないわよ」ときっぱり。私も、そうであることを心から祈ったし、そうだと信じた。

そして、母の手術の日はやってきた。親戚も集まり、なにやら重厚な空気が漂っていた。ところが、手術を受ける大の野球好きの当人は、ケーブルテレビで放送されている高校野球の地区大会に没頭。「打て～」だの、「走れ～」だの、わめいている。迎えにきたストレッチャーに乗り、同じ病室の人に「では、では、行ってきま～す。すぐに戻ってくるね～」と大きく手を振り、元気に手術室に向かった。あんなに元気なんだからきっと、ガンではないはず……。

実は、手術の直前に、「もし、2、3時間で手術が終わらなかったら、ガンの可能性があったとお考えください」と主治医に言われていた。

母が手術室に入って3時間が過ぎた頃、「今すぐ、出てきて」と強く祈ったが、その願いは神様には届かなかったようだ。

●「育った場所」を見せられて……

母が手術室に入って、あと少しで8時間になろうとしたころ、「岡崎さんの家族の方は、説明がありますので、手術室の中にお入りください」と主治医に呼ばれ、手術室の横にある小部屋に、私と父、親戚たちが通された。

長時間の手術により、ぐったりした顔の主治医は、手にプラスチックの容器を持っていた。すると、その容器から、なんの心の準備もない私の目の前に、「今、これが岡崎さんの身体から摘出されたガンと思われるものです」と、取れたての卵巣と子宮をつまみ出したではないか！

意外に知らない人が多いようだが、手術によって摘出されたものを、家族に確認させる病院もあるのだ。

それを知らない家族が、驚いて卒倒してしまった、なんて話を聞いたことがある。って、それはウチの父の話だ。祖母のガンの手術と、母が胆のうや脾臓を摘出した手術後の医師の説明のとき、父は貧血を起こした。「一家の主らしからぬヤツだ」と同席した親戚に責められて恥をかいたと、母が言っていた……。

そんな父の血を継ぎ、卒倒しそうになった私も、「私はこの中（子宮）から出てきたんだ。この中に入っていたことだってあるんだ。懐かしいんだぞ」と無理矢理自分に言い聞かせ、母の身体から取ったばかりの卵巣と子宮を、しっかりと凝視した。

母の主治医はガンと思われるものがあった卵巣部分と、転移の可能性がある、切除したリンパ節を手に取り、しっかりと詳細を説明してくれた。

そのとき、過去に痛い経験（血を見て貧血）を持つ隣の父を見ると、すでに細目になり、それらを凝視していない……。「お父さん、しっかりしてよ！」と一瞬救いを求めたが、父はすでにトンチンカンな頭の人。そのことを知っていた母の主治医は、「お父様には理解が難しいかもしれません」と、私だけに話しかけている。否が応で

も、私がこの家族を支えていかなければならない、と実感した瞬間であった。

実際に身内がガンと言われても、その直後は家族として病状の理解や、今後の告知問題、治療について対応するのに精一杯。ドラマのように〝家族のガンを知って、医師の前で泣き叫ぶ〟ような時間はない。

しかし、家に帰り親友に電話をかけた瞬間、私は大声を上げてワンワン泣いた。何も話すことができないぐらい、ショックを受けていた。

ツルツル頭のいいところ

病室の朝は枕そうじから始まる。
ぺた ぺた
ぺた
ぺた
……
ぺた
なにしてるんですかー?
ぺた
ぬけちゃった髪の毛をそうじしてるの
あ〜 昨夜はずいぶんぬけちゃったわ〜…
ぺた ぺた
しーーーん
……
ぺた ぺた
あ… ガムテープもなくなっちゃった…
どよ〜〜ん

あっ じゃあ 私の使って!!
ペかっ
お……岡崎さん……
私、全部ぬけてもう必要ないから!!
そっか…そこまでいくとラクなのね……
しかも!! 顔と頭いっぺんに洗えるのよーーっ
おーーっ なるほどっ
みんな前向きだーーっ
ガハハハ
あは
はは
あっぱれ!!

治療スタート

母の手術から1週間が経過したころ、母が本当に卵巣ガンかどうかの、病理検査の結果を報告された。結果は黒。ただ、不幸中の幸い、母は比較的早期の発見だったため、他への転移はなかったらしい。しかし医師は、もしかすると目に見えない部分にまだガンがあるかもしれないし、さらに近々また再発する可能性が非常に高いので、化学療法（抗ガン剤による治療と予防）を打診してきた。

東北出身なのに関西のオバチャンのようにいつも強気の母。そんな母の性格をよく知る担当の看護師さんは、「ああいう性格の方ほど、ガン告知をした途端ウツになったりするので、告知は慎重にしたほうがいい」とアドバイスしてくれた。

そこで、体力が回復するまでの約1カ月は、ガン告知をしないことにした。しかし、傷の大きさなどに不信感を抱いた母は、「私、本当にガンじゃなかったの？ あんたウソついたら後が怖いよ」と日々、私を脅した。この時期が一番精神的につらかった。

そして約1カ月が過ぎ、抗ガン剤による治療を受けるかどうかを、決める日が近づいた。抗ガン剤治療の際に、本人にガンを隠し通すことは不可能に近い。なぜなら、抗ガン剤を投与すると、普通は起こりえないような、さまざまな副作用が出るからだ。

いよいよガン告知の日がやってきた。関西のオバチャンみたいでも、実はガラスの心臓の母。でも、ずっと人生の荒波を乗り越えまくってきたのだ、きっと大丈夫！

だが母は、告知された瞬間こそ、「このうそつき、あんたにだまされた！　覚えておきな」と笑って悪態をついていたものの、その後不眠症になったり、病院から友達に電話をかけまくって泣いたり、看護師さんに泣きついたり、高熱を出したりして、ものすごい精神的ダメージを受けていた。しかし、徐々に母も落ち着きを取り戻し（最後は開き直って）、抗ガン剤による治療を受けることを決めたのだった。

●心電図は「ご臨終」!?

母が初めて、抗ガン剤治療をしたときの出来事。

小心者の私はもちろん、この世に怖いものなどなさそうな母も、かなり緊張していた。そして、いよいよ抗ガン剤投与の時間がやってきた。

看護師さんが、「今日は抗ガン剤治療をする患者さんが多くて、心電図の機械が足りないのよ。なので誠に申し訳ないのだけど、小児科のものを使うわね」と、同じ抗ガン剤治療をしている患者さんのものより、はるかに小さい「小児科用」と書かれた心電図の機械を運んできた（母の病院では、急変などに備え心電図を測る）。

いきなり拍子抜けである。そして、医師が点滴による抗ガン剤の投与を始めると、母の胸に、測定に使う子ども用の吸盤をペタペタとつけて去っていった。

看護師さん曰く、「機能は同じだから……」とのこと。

そして、数時間が経過すると、緊張のせいか、薬のせいか、汗をかいた母の体から吸盤が外れ、よくドラマなどで見かける、モニターが「ご臨終です」ツーツー、線まっすぐ状態になってしまった。「これはいけない！」と思った母と私は、外れた吸盤を慌ててつけたのだが、一向に「ご臨終状態」のまま。

「心電図がご臨終モードになっているのですが……」と、ナースコールをすると、

「あっ、子ども用だから、胸につける吸盤も小さくて外れやすいのね」と、慌ててやってきた看護師さんがテキパキと直していった。

こんなやりとりを見ていた周りの患者さんも、私も、そして治療をしている母も大笑い。そのたびに母の心電図は、モニターの線がブンブンと不規則な線を描く。こんなんで測る意味ってあるのかな……。

こうして母の初回抗ガン剤投与は、思わぬハプニングのおかげで、愉快（？）に過ぎていった。

モニターは「ご臨終」モード

「笑わせ隊」の重要任務

笑うとね、白血球の数値があがるってデータもあるらしいよ。
えっ
ツルツルにつきバンダナ着用
私いつも笑ってるのに数値が足りないなんて……
…変……
え…イヤ…
わかった お母さん もっと笑う!!
さらに笑わせ隊を結成します!!!
ゴゴゴゴ
あちっ
笑わせ隊って何――?!
笑いで免疫力をアップさせるチームよ!!
あはははは
笑え
ホラ
こうして笑わせ隊はうまれた。

母が入院していた病院はドラマのロケに使われていた。
生粋のおばちゃんである母は——
化粧よーっ
握手してーっ!!
キャー
ミーハーぶりをフルに発揮。
キャ〜もう死んでもいいわー
死んじゃだめだって
そして病室に戻り……
これがイケメン俳優と握手した手よ!!!
間接握手!!!
笑わせ隊の任務を遂行。

ガンは笑って乗り越えろ！

　人は笑うと、病気と闘うための免疫力が上がる（！）らしい。笑うと免疫力に関わる血液の中の「白血球」の働きがよくなる、なんてデータもあったりするそうだ。

　抗ガン剤治療をする患者さんは、「白血球」にとても敏感だ。ガンと闘う抗ガン剤は非常に強い薬で、ガン細胞を殺す代わりに、身体の正常な部分にダメージを与えてしまうことも多くある。その影響は、髪の毛が抜けてしまったり、ひどい吐き気をもよおしたり、使用する抗ガン剤によって様々。そして白血球の減少もそのひとつ。

　抗ガン剤により、人間に必要な最低限の白血球の数値を下回った場合、その患者さんは無菌室に隔離されてしまう。みんなとお話ができなくなってしまうのは辛い。

　さらに母曰く、「モーレツに痛い」という白血球の数値を上げる注射を打たなくてはならない。痛さに強く、注射は嫌いでないという母が「あの注射だけは二度とやりたくない」と今でもその注射を恐れている。

　そんな望ましくない事態を防ぐべく、母をはじめ数人の患者さんが、笑いで白血球を増やそうと「笑わせ隊」なるものを結成。

夏だから
ア〜
ソレソレ♫

ある夏の日に、母を見舞うと、ベッドはもぬけの殻。なんと「笑わせ隊」が、病棟の廊下で、盆踊り大会を勝手に開催していたのだ……。

「笑わせ隊」の任務（!?）とは、

1．希望があれば、一緒に大声で好きな歌を歌ってあげる
「笑わせ隊」が「コーラス隊」に早変わり。特にお年寄りの患者さんから童謡のリクエストが多く、振り付きでみんなで一緒に大合唱。

2．一緒にダンスをする
真剣に踊っているのだけど、まるでラジオ体操にしか見えない。みんな大笑い。

3．時には病棟で盆踊りもする
ツルツル頭に巻いていたバンダナをほっかむりにして盆踊り。これはかなり笑えた。

4．変な顔をして、手っ取り早くターゲット（抗ガン剤により白血球の数値が低い人）を笑わす
いかに人を笑わせられるか日々研究していた「笑わせ隊」。変な顔もそのひとつ。

5．病院にロケに来た俳優さんと「握手した手」で、握手してあげる
などなど、とにかくターゲットを笑わせ、白血球を増やすことがその目的だ。

母が入院中、まだできたばかりの新しい病院ではドラマの撮影が行われていた。面

素人ながら
売れっ子
ツッコミは
吉本級
笑わせ隊

会時間の前である早朝にロケが行われていたようだが、朝から「笑わせ隊」はハイテンションで握手を求めにロケ現場へ見学に行っていた。患者役のエキストラになる申し出もしたらしい……。パジャマにサインを書いてもらっていた人もいたなぁ。

「笑わせ隊」のメンバーも、もちろん抗ガン剤治療をしている患者さん。彼女たちも任務を果たすことで、自身の白血球を活性化させていたのだろう。

「面白いことを考えると、頭の中が前向きになり、元気になる力が湧いてくる」と母はよく言っていた。母以外の「笑わせ隊」のメンバーもツライ現実を抱えている。だけど常に前向きで、自分だって大変なのにも関わらず、人を元気にするために日々努力している姿には、心底すごいと感動した。

そして、彼女たちの任務は数々の奇跡を起こし、あと少しで無菌室行きになりそうな患者さんを何人も、普通病棟で治療ができる白血球の数値まで増やすという実績を作っていった。

この「笑わせ隊」のお陰で、母は1回も無菌室に入ることなく抗ガン剤治療を終えたのであった。

全部の毛が抜けるんです

母は2回目の抗ガン剤投与から、その副作用で髪の毛が抜けはじめ、3回目の投与ではとうとう、全身の毛という毛がすべて抜け落ちた。

よく闘病ドラマで、役者さんがバンダナなどを被り、髪の毛が抜けたという演出がされているが、本当は髪の毛だけでなく、身体中の毛という毛がすべて抜けてしまうのだ。

経験者の母は、役者さんの顔をみるたびに、「眉毛やまつ毛があるのはおかしい」と、するどいツッコミを入れる。

でも、でも、ドラマなんだから、そこまでは……ねぇ。

治療中、母は「まつ毛がないから、汗が目に入って痛いし、鼻毛もないから、すぐくしゃみが出る」などとよくグチっていた。

当たり前のようにある、まつ毛や鼻毛も、実はとっても大切な役割を果たしている。

人間の体って、ホントによくできてるよなぁ。

クッキーLOVE♡

ボク犬用クッキー大好き!!
犬用クッキー
え〜っ
うん　うまい
ボリボリ
お父さんだめでしょご飯前に!!!
そーゆー問題じゃないって!!!

3章 いっぱい、泣いた日々

てんてこ舞いの介護生活

母が入院し
すっかりトンチンカンになった父と二人暮らしになってしまった。
んっ?
その母がいないので私は父のために…
ばん
食後はきちんと薬をのむこと
それからというもの私は大忙し。
バタバタ
ええーっと
あぁして
こうして
守ってほしいことを書いてあちこちに貼った。
夜は早く寝ること
夜ごはんは杏里が帰るまで待つ!!
……
それまで会社にでる私を元気に送り出してくれた母。
いってらっしゃいませ
とくに薬は欠かせないので仕分けまでしておいたのだが……
ただいま……
あ

お父さん お昼の薬飲んでないっ!!
あさ
ひる
よる
飲んだよ
飲んでないから残ってるんでしょーっ
飲・ん・だ
ひる
その後も
また……
なぜか昼だけ飲み忘れる父……。
あさ
ひる
よる
さらに粗相をするようになった父のために
着がえも仕分けし
貼り紙も……。
下着
シャツ
くつ下
それでもパンツはきかえて!!
はきかえた!!
疲れた……
ハァ……
両親のキッツイ介護に私は疲れきってしまった

もう、限界

これまで数々の病気で家族が入院するたびに、看病＆家事を余儀なくされてきた。周りの友だちがデートで遊園地に行っている頃、私はせっせと母の病院へ通い、主婦のように家事に追われる学生時代を過ごしていた。

そんなわけで、家族の看病＆家事には慣れっこ（そんなのに慣れた青春って……）な私であったが、両親が同時に病気になってしまった今回は、さすがの私でもお手上げなことの連続だった。

その上、トンチンカン頭の父は、母がガンであることをすぐに忘れてしまう。

「お母さんは、どこに行った」

「お母さんはガンになって、病院に入院しているでしょ？　これから治療もするし、当分、帰って来ないよ」

「お母さんに早く、オレのご飯を作るように言え」

「何言っているの？　一緒に手術の後に取り出されたガン細胞、見たでしょ？（父さんは薄目だったけど……）覚えていないの？」

「そんなの知らない。お母さんはガンなんかじゃない。すぐ帰ってくる」
「もう、いい加減にしてよ！」
決まった時間にご飯を食べないと、気が済まない父。会社員の私は仕事の都合でいつも同じ時間に帰るのは至難の技。そんなことを知ってか知らずか、ご飯の時間に少しでも遅れると、こんなトンチンカンな会話が毎回繰り返された。
ドラマならば、ここは父と娘が力を合わせて「お母さんが早く元気になるように、一緒にがんばろう」と手を握り、涙を流す美しい場面のはずが、ケンカがヒートアップした父娘はテーブルのお茶をかけ合い、言い争って、ズブ濡れになる毎日。父の頭がトンチンカンになっていることを忘れてしまうぐらい、私の心は余裕をなくしてしまっていた。

●崩壊寸前

また一方では、母に「ガン」を隠していたので、病院では「お母さんは、ガンでないよ」とウソをつき、家では父に「お母さんはガンなんだ」と事実をわからせる二重人格生活に、心底疲れきってしまった。

さらに仕事、看病、介護で身体は疲れ切っているはずなのに、夜はまったく眠れない。うっすら明るくスズメがチュンチュン鳴くころに、ようやくウトウト、3時間眠ることができればいいほうだった。しかも、父とのご飯のたびに繰り広げられるケンカで、ストレスが爆発して過呼吸で倒れる。それでも父は倒れている私の心配よりも、「ちょっと、ご飯早く」と、ご飯の催促である。

そんな現実から逃げ出したくて「もう明日、地球が滅亡してもかまわない」「明日、電車に飛び込めば楽になれる」など、頭の中がかなり危ない状態になっていた。

この終わりの見えない日々が、つらくて、不安で、悲しくて、でも、誰にも頼ることができない現実に押しつぶされそうで、一人になるたびに、私は涙を流していた。

このまま遠くに
行けたらいいのに

思いやりはないけど薬ならたくさんあります

両親の介護で心のバランスを崩してしまった私。
心療内科にいこうかな…。
で、とびこみで病院をまわるうち…。
笑える心療内科医にめぐりあえた。
そのうちの一人が
渡哲也ばりのコワモテドクター。
よろしく
一対一なのにマイクを使って話す。
絶対あなたを治します
ーーます〜ます〜
エコー
だって私は医者だから〜
ら〜ら〜
なぜか3つ揃えのスーツ姿だし…。
医者ってゆーよりまるで刑事だ…。
そこの車とまれー

さらに…
あっ時間ですっ
えっ
そんなわけで手紙に心の悩みを託してみたが…
今日はここまで!
でーでー
届いたのは大量の薬のみ!!
ドサッ
杏里さま
なんなんだあの医者!!
次の患者が待っているので
後は私宛に手紙を!!
手紙?!!
様々な理由で心療内科に通う皆さん!!
自分にあった病院さがしをオススメします!!

心療内科を巡る人々

50代にして認知症になってしまった父との関係に戸惑って以来、母が卵巣ガンから奇跡の復活を遂げた後も、私の心はたびたびバランスを崩し、その都度、心療内科のドアを叩いた。ところが、自分に合う病院に巡り合うのは簡単ではなかった。

初めての心療内科。通された診察室の様子は、入口のドアについている小さいガラスの部分からのみ外が見え、壁はコンクリート打ちっぱなしのグレー空間。まるで刑務所のよう。もう、それだけで気分がブルーに。診察は受けたが、あまりに診察室の雰囲気が恐ろしく、その病院には二度と行きたいとは思わなかった。

初めて行った心療内科が散々だったので、私はすっかり心療内科恐怖症になってしまった。ところが、看護師の友人が「患者と先生も人と人。相性や好き嫌いがあって当然。いやな病院だったら、病院はどんどん変えていいんだよ」と言うではないか。

「そうだ、私の心の健康を取り戻してくれる信頼できる病院や先生に、いつか巡り合えるはず！」という希望を抱き、疲れてしまった私の心を、元気にしてくれる病院を探し続けることにした。

常識を超えた世界

2度目の心療内科。ネットを見ると肩書きをたくさん持った院長がいるらしい。

ところがいきなり、「今日は私が教鞭を取っている○○大学の研修生が、診察中に後ろで一緒に話を聞きますが、気にしないでください」と言われるではないか。

診察室では研修生が3人も待ち受けていた。そんな中で、かなりプライベートな私の現状（両親の話など）を聞かれる。私が何か言うたびに、後ろの学生がノートにシャカシャカとメモを取り、こちらを覗き込む。こんな状況で癒されるわけがない。

3度目の正直。今度こそはと、知人が通って元気になったという病院へレッツゴー。

まず驚いたのは、白衣でなく、スリーピースの背広を着た、渡哲也のような強面《こわもて》の先生がお出迎え。しかも狭い診察室なのに、先生はＤＪのようにマイクを使って会話する。その声が天井のスピーカーからリフレイン（録音でもしているのだろうか？）。そして診察が終わると先生が、「現状（病状）を手紙に書いて持ってこい」というので、言われるがままに書いた手紙（このときはちょうど、母が卵巣ガンで入院していたので、母の看病と父の介護の日々を綴った）を後日渡しに行った。

するると、数日後、先生からの返事の手紙などは一切なく、たくさんの薬とその説明、服用の注意が書かれた封筒が家に届いたではないか。知人も先生に手紙を書いたのだろうか？　この病院も私の心を元気にできなかった。

やっと、巡り合えた！

今度こそはと、ネット上の評価、病院内の様子などをじっくり検討して病院を探した。そして、丁寧に話を聞いてくれそうな、女の先生がいる病院を発見。「もう失敗はしたくない」と祈るような気持ちで、レッツゴー。

その４軒目の心療内科の先生がやっと、

「あなたひとりですべてを抱えて頑張るのは、素晴らしいことね。でも、あなたが

身体を壊してしまったら、ご両親も悲しむわ。ここに来ている時点で、あなたはひとりでできることの限界を超えているの。あなたひとりじゃ無理なこともある。困ったときは、人に助けてもらってもいいじゃない。もっと人に頼ってみてはどうかしら」と手を握りながら、じっくりゆっくり私の話を聞いてくれた。

ひとりですべてを背負い（実は、手を伸ばせば助けてくれる人がたくさんいたのに）ひとりよがりになっていた介護と看病で、私は心の健康を害してしまっていたのだ。

4軒目の病院でやっとそれに気が付くことができ、少しずつ自分の周りを冷静に見られるようになった。やっと理想の病院に巡り合えたのだ。

岡崎家の救世主現わる

心療内科の初診では必ず……
お父さんは介護サービスを受けていますか？
――と聞かれた。
よくわからない介護保険制度のことを相談にいく余裕すらなかった。
ハ～……
どうしよ…
いえ…
じゃ今すぐ役所に相談を……
死んでしまったら全てが楽になる……
そんなコトを考えていた――。
そんなこと言われたって……
私はもう毎日が精一杯で……。
だけど救世主があらわれた。

自分も病気であるにもかかわらず…
岡崎家を心配してくれたNさん…。
介護サービスを勧めてくれて、介護保険に関する知識をいろいろ教えてくれた。
壊れかけていた私の心も救ってくれた…。
ハイ
ハイ
世の中にはいろんなんがいる…
ここで私まで倒れちゃだめなんだ!!
人は、人に生かされているのかも…
クロ!! 私もうちょっとがんばる
いろいろあるけど…
ごはんまだ～？
ま・だ!!
ガッツ!!

一人じゃムリだよ

信頼できる病院を見つけるために、４つの心療内科を渡り歩いたが、どの病院でも診察を受けるたびに、必ず聞かれたことがある。

それは「あなたのお父さんは、介護保険による介護サービスを受けていますか？」ということ。

私が心療内科巡りをしていたころは、「介護保険制度」[※1]が徐々に動き始めた頃で、世間の認知度も、今ほどではなかった。もちろん、私も名前は聞いたことがあるが、その制度の詳細など、まったく知らなかった。さらにそれは、高齢者しか受けることのできない制度だと、誤った認識を持っていた。

そう聞かれるたびに「介護サービスは受けていない」と答えると、「今すぐ役所に相談に行きなさい」と返される。そのたびに気にはなっていたものの、仕事が忙しく、平日に役所に行く時間が取れないまま、ついつい「介護保険」のことは後回しになってしまっていた。また、まだ若い父に「介護」という言葉が似つかわしくなく、抵抗があったのも事実だ。

いつも後回し

しかし、「もう明日、地球が滅亡してもかまわない」「明日、電車に飛び込めば楽になれる」と、極限に達していた私の精神は、「誰でもいいから助けて欲しい」と悲鳴を上げていた。

そんなとき、母と同じ病気で一時退院をしていた同級生のお母さんのNさんに電話をかける機会があった。Nさんは父が入院していた病院の看護師さんでもあった。父のことも母のことも、よく知っているNさんは、自分も病気であるにも関わらず、岡崎家のことを本気で心配してくれた。

Nさんは電話口から聞こえる、疲れ果てた私の声を聞き、「介護保険による介護サービスを受けること」を勧め、本来は65歳以上の方を対象にしたサービスだけど、父の病気と現状ならば、50代でも受けることができるかもしれないなど、「介護保険」に関する正しい知識を詳しく教えてくれた。それにより、私の「介護」という言葉に関する認識も少しずつ変わっていった。

自分が病に倒れても目標を見つけ、ケアマネジャー※2の資格取得に向けて勉強中だったNさんは、「自分も勉強になる」とその後も、たびたび電話で私をサポートしてくれた。そのたびに、本来ならば闘病中のNさんを私が励まさなければならないのに、逆に励まされ、元気づけてもらっていたように思う。

私の人生も母譲りの（というか、家族の病気で）波乱万丈だけど、ピンチになると必ず救世主が現れる。そのおかげで、なんとかここまでやってこられたのかもしれない。Nさんも、壊れかけていた私の心を救ってくれた、救世主の一人である。

その後病気の再発により、ケアマネジャーになる夢を果たすことなく、Nさんはこの世を去ってしまった。

もしNさんが困ったときは、今度は私が力になりたいと心に誓っていたのに、残念でならない。

あのとき、Nさんが助けてくれなければ、今の私はないだろう。自分だって、病と闘いつらいことや、不安があったに違いない。でもNさんは、自分に関する弱音

Nさん
私ここまで
これたよ!!

は一切言わず、本気で私のことを心配してくれていた。そして、どんなに自分が大変な状況でも、人を思いやり、夢（ケアマネジャー）も持ち続けていた。そんなNさんを私は心から尊敬し、いつかNさんのように、困っている人を助けられるようになりたいと思っている。

※1　介護保険制度……65歳以上（第1号被保険者）で、市町村より要介護・要支援認定を受けた人が、利用料の1割負担で介護サービスを受けられる制度。
40歳以上65歳未満（第2号被保険者）の医療保険加入者は、特定疾病と認定された場合、介護サービスを利用することができる。

※2　ケアマネジャー……正式名＝介護支援専門員。介護保険法に基づき、要介護・要支援者が適切なサービスを受けられるよう、要介護・要支援認定の申請代行、ケアプランの作成、サービスの給付管理などをトータルで行う、介護の専門職。

父と街を歩いて

父と一緒に街を歩くと、「もっと、みんな優しくなろうよ」と思う場面がたくさんある。

まず、エスカレーター。エスカレーターの動くペースと父の足の動くペースが違うため、乗り降りが非常に怖いらしい。よく、降り口でつまづき、後ろに人が溜まってしまうことがある。それを突き飛ばすように追い越す人に、いつも怒り爆発だ。

そしてある日、バス乗り場で信じられないことが！　杖を持ち、明らかに体が不自由なことがわかる父に、バスの運転手が出発の時間を気にして「もっと早く乗れ」という態度でイヤな顔をして、手招きしたのだ。ブチ切れた私は、「父は体が不自由なので、そんなに急いで乗れません」とひと言文句を言ってやった。

「思いやりの気持ち」って、ついつい忘れてしまいがちだけど、とってても大切なのだ！

クロは感じてる

もう疲れた……
杏里が落ち込んでいる…
杏里…元気だして
スリスリ
クロ！私のきもちわかってくれるのね!!
なんか元気でた。ありがとクロ!!
やれやれ杏里はボクがいないとだめなんだから！

4章

介護サービスがすべてを変えた！

こうして私はカレーにうるさくなりました

余談だが母は
料理が得意じゃない。
ガハハハハ
それで
ねーねー おかず作りすぎたら ちょーだい
おかず あまった？
ご近所さんにたよりまくる。
そのかいあって(?!)
岡崎さーーーん
これ どうぞ
ウチも持ってきたわー
まーーー悪いわねー
いろいろなお宅から
おかずが届くように。
ありがたいことです

特に母が入院中の頃は
杏里ちゃん これどうぞ
スミマセン!!
ちゃんと食べるのよ!!
ハイッ
ご近所の皆さんが心配してくださっておかずを毎日のように持ってきてくれた。
お父さんどう?
そんな毎日が続くと
今日もこんなにいただいちゃった〜
あっ カレーだ
あっ こっちもカレー、これもカレー
…なんてこともあった(笑)
ご近所さまのカレー味分析できちゃうかも。
おいしい♥

東奔西走

Nさんのおかげで、父の介護保険による介護サービスを受けることを決めた私は、その決意を入院中の母に伝えに行った。

「お母さんと同じ病気のNさんが、私とお父さんを心配して、介護保険のサービスを利用してヘルパーさんに来てもらったらどうだろう、とアドバイスをくれたんだ。私も最近調子悪くて、そのサービスを受けようと思っているんだけど……」

すると、ここに想定外の大きなカベが待っていたのだ。

「私だって、そのうち退院するし、お父さんはあんたの親なんだから、ちょっとの間は頑張りなさいよ。それにヘルパーとかに、ウチの家族の病気のこととか世間に言われたら困るわ」

な、なんと、母、大反対である。

これは母の本心だと思うが、すでに心身ともに疲れ切っていた私は、「それなら、もう、一家心中しか道はあるまい……」と、イケナイことを考えるしかなかった。

さらに母は、

オバチャンの説得は超ストレート

「お父さんは介護保険を受けるほど年寄りじゃないし、そんなのを受けていることがわかったら、商売もできなくなる」

と誤った介護保険のイメージを持っていた。

母のように、「介護＝お年寄り」と思う人もいるかもしれないが、正しく介護保険を知れば、それはお年寄りのものだけではなく、40歳以上65歳未満の人でも「特定疾病」と認定されれば、介護保険を利用した介護サービスを1割の負担で受けることができるものだとわかる。

母が入院してから、父のトンチンカンは、日に日にひどくなったような気がした。それを父の主治医に相談すると「ショックや環境の変化で認知症が進んでいるのかもしれませんね」と、こっちがガッカリすることを、アッサリと言った。しかしずっと病院にいる母は、日々トンチンカンな会話を繰り返している父の現状を知らない。

母、ようやく折れる

商店街で、下町の風情が残る私の住む街では、母が入院し、病気の父とふたりで暮らす私を心配した隣近所の方々が、毎日1品ずつおかずを持ってきてくれたり、父の様子を見にきてくれたりしていた。

ある日トンチンカン過ぎる父とケンカになり、私が過呼吸でひっくり返っているところに、近所のオバチャンが遭遇してしまった。あまりに衝撃的な現場を目撃してしまった彼女は、岡崎家の現状を心配して、父に介護保険を受けさせるよう、母を説得してくれた。オバチャンから聞いた衝撃的な現在の岡崎家の状況に、母も渋々首を縦に振ってくれたのだ。

こうして振り返ると、私はたくさんの人に支えられていたことに今さらながら気が付く。実際、母のように介護に他人の介入を嫌がり、すべてをひとりで抱えた挙げ句に、介護地獄に陥る人も多いらしい。

ついに私は、心の健康と穏やかな家庭環境を目指して、父の「介護保険」による介

介護サービスというのは……
ここからスタートか……ひえ〜〜っっ

護サービスを受けるために、区役所の「福祉保健センター」に出向いた。

そして、岡崎家の現状を係の人にひと通り話すと、

「介護保険によるサービスを受けるには審査があるけど、岡崎さんの場合は、きっと認定されるでしょう。すぐにサービスを受けられるように、この居宅介護支援事業者一覧表から、ご自分にあったケアプラン（居宅サービス計画）を立ててくれるケアマネジャーを見つけてください」と1枚の紙を渡された。

実はここから先こそ、介護保険による介護サービスを受ける厳しさを思い知ることになるのだ。

クロとトラのバトル仕掛人

岡崎家のとなりのマンションにすみついている大きな茶色のトラ猫……。
生きるための処世術を身につけている……。
いつしかみんなが
トラ
と呼ぶように。
反面 クロは室内犬……。
ぬくぬく ぬくぬく
野良で生きるトラはたくましい。
ある日この二匹にバトル勃発!!
しゃー!!

トラがクロのご飯狙ってる!!
シャー
負けるなクロ!!
クロ…犬というプライドを持ってたちむかうのよっ……
…って誰よトラを家に入れたのはっ!!!
はい
外をみてたら目があって…
ニャー
おなかへった
…って言うから
お父さん…ネコと会話できるの?
まーね
ブイ。
こんな父のトンチンカンのおかげで介護サービスを無事受けるに至る…。
ムシャ
ムシャ

祝？　要介護者認定

在宅で介護保険による介護サービスを受けるには、居宅サービス計画（以下、ケアプラン）が必要となる。そこでたいていの場合、介護サービスを受けたい人やその家族は、ケアプランを立ててくれるケアマネジャーのいる居宅介護支援事業所（ケアマネジメント事業者［以下、事業者］）を探す。

ケアマネジャーは、その人たちがどんな介護サービスを必要としているかを分析し、それぞれに合ったケアプランを作成。そのケアプランに沿って、在宅介護サービスを受ける（事業者が、在宅介護サービスも実施していることが多い）。

このシステムは介護保険の利用者が自由に介護サービスを選べるという考え方に基づいているが、なにも知らない私は、なにをどのように選べばいいのか困惑した。

役所から渡された一覧表には、かなりの事業者が載っており、「一番近いところでいいか」と近所の事業者に電話をすると、「この地域は介護保険によるサービスの利用者が非常に多いため、現在新規のお客様は受け付けておりません」とガッチャン。

予想だにしない返答に一瞬、耳を疑ったが、「最初の1軒は仕方ないか」などと、のんきな気持ちで2軒目に電話。すると、同じ理由でまたもや断られてしまった。

さらに3軒目、4軒目、5軒目……どこに電話をしても、同じ理由で電話を切られる。「もしや、介護サービスは受けられないかも」と先行きが不安になってきた。そして、一覧表もついに残り2軒に。祈るような気持ちで最後から2番目の事業者に電話をかけると、なんとケアマネジャーを名乗る人が直接電話に出た！

が、やはりここも「うちも手一杯なんですよ」と電話を切ろうとする。しかしこっちも崖っぷちの切羽詰まりまくり。直接電話に出たケアマネジャーを逃がすわけにはいかない。必死の思いで「とにかく、無理でもいいですから、会って話だけでも聞いてください！」と半ば強引に、直談判に行くことになった。

電話を切るなり、その事業者にすっ飛んで行き、母が卵巣ガンになり入院し、父の介護が限界に達したことを半泣きでしゃべりまくった。当時の様子をケアマネジャーのKさんは、「あの日のお嬢さんは、とっても悲壮な顔をしていて、こちらもつらくなりました」と、今でも会うたびに口にする。さらに私と娘さんが同年代だったらしく、その姿が重なり、「かわいそうで、なんとかしてあげようと思った」というラッキーな偶然もあり、なんとか介護サービスを受けられることになった。

介護保険給付申請後、役所の調査員が本当に父は介護サービスが必要かどうかを調査しにきた。この調査と主治医の意見書をコンピュータで分析する審査（一次判定）と、介護認定審査会による審査（二次判定）により、「介護が必要な人＝要介護者」と認定されると、介護レベルに応じた介護サービスを介護保険を利用して受けることができる（要介護認定）。この認定要素には、母の病気や私の状態も加味される。

いつもはボケボケのおじいちゃんが、この日だけはシャンとして質問にテキパキ答えてしまい、サービスを受けることができなかったなどという話をよく聞く。なので、この日の父がそうなってしまったらどうしよう（イケナイ複雑な心境）と、娘の心はドキドキだったが、運良く（？）父は絶不調で、調査員の質問に、

「今の季節はなんですか？」

「春ですかね」（実際は秋。お父さん、ナイスボケ！）

「奥さんはどちらにいるんですか」

「入院しているけど、すぐに戻ってくるよ」（まだまだ退院しないちゅーの！）

さらにここでも私の半泣きは効を奏し、めでたく（？）父は要介護認定を受け、押しかけ直談判した事業者から、正式に介護サービスを受ける運びとなった。

父だけ、タイムトリップ
そろそろ、桜餅の季節だな……
……

わたしが変わったほうがラクだったんだね

いつも晩ご飯は7時だったが、母が入院してからは会社帰りの私が作るので8時頃になってしまった。
ただいまー
さ〜ご飯仕度しなくちゃっ
おかえりー
ムシャムシャ
あ゛ー
菓子パン
菓子パンなんて食べちゃダメでしょー
えっ
だって7時だから。
でも今は8時になったの!!
7時だっ

何度言っても通じないので
ばん
晩ごはんは8時まで待つ!!
大きな貼り紙攻撃!!!
まで待つ!!
ほう。
これでよしっ
そして
ただいまお父さんっ
おまたせ!!
今すぐご飯……
おかえりー
ムシャ
ムシャ
ズコー
効果なし。
限界を感じた私は生活援助のサービスを受け……
7時♥
父の独特のペースが、理解できて
7時にご飯食べられてよかったネ
うん
ちょっとラクになった☆

岡崎家の晩ご飯

父は、いつも決まった時間に食事をとりたがり、糖尿のためきちんとした食事とともに飲まなくてはならない薬もある。それらの事情もあり、介護サービスとして、生活援助（食事）のサービスを受けることになった（介護保険でヘルパーからは「生活援助（家事など）」と「身体介護（入浴介護、おむつ交換など）」のサービスを受けることができる）。

これにより、夕飯のたび行われていた父と私の乱闘騒ぎも、やっとのことで終焉を迎えることができた。

それ以来、岡崎家の晩ご飯は、普通の家庭とは一風変わった形態となった。

●一人分のみそ汁

ヘルパーさんは、お手伝いさんではない。介護のプロとして、細かく法律で決められた介護保険が適応される範囲の中だけで、要介護者にサービスを提供してくれる。

そのためサービスが受けられるのは要介護者の父だけ、というのは当たり前と言え

ひとり分料理教室
テキパキ
簡単簡単
テキパキ
はやっ
パキ

ば当たり前だが、ヘルパーさんが器用に作る一人分の食事に、最初はとまどった。

　これは、規則だから仕方がないのだが、大さじスプーンで一人分のみそを取り、みそ汁を作る技には感動を覚えた。

　とはいえ、みそ汁をひとり分作るのも、二人分作るのも同じような気がする。でも、規則は規則。ヘルパーさんは、お手伝いさんではない。したがって、私の分の食事まで作ってくれることはなく、どんなに仕事が忙しくても、自分の分は自分で支度をしなくてはならない。

　ご飯を2度作るなんて「不経済」と思われる方もいらっしゃるかもしれないが、生活援助（食事）の介護サービスを利用する介護者がいる家庭では、ごく普通のことなのではないだろうか。

またヘルパーさんにもよるが、父が食べたいものが冷蔵庫にない場合、買い出しに行ってくださる方もいれば、冷蔵庫にあるもので、ササッと支度をしてくださる方もいる。なので冷蔵庫には、少し大目に食材を入れておかないと、私の分の食材がなくなってしまう……なんてことも。

だから週末、1週間分の大量の食材を買い込む私の腕はいつも筋肉痛。

そんなわけで、介護サービスを受けてからの平日の晩ご飯は、父とは違うものを別に支度して食べることになる。たまに自分の献立に困ると、父に

「今日の晩ご飯は、何を食べたの？」

「今日は肉じゃがを作ってもらったよ」

「あっ、おいしそう。私もそれにしよう」

などと情報を仕入れ、ちゃっかり参考にする。

しかし父の記憶は微妙なので、ヘルパーさんの報告書にあるメニューと聞いたメニューが違う、なんてこともよくある……。

ジムに通わず
筋力アップ
ううっ
重い……

お父さんのおかげで心が広くなりました

昔から父は好みじゃないおかずがでると……
プイ
スタスタスタ
あったあった うめぼし
白メシに合うね〜
パクパク
ムカー
こういう人だった。
母が入院し 私が翻弄している時も…
ごはん ごはん
プイ
これ好きじゃない
ムキーッ

ヘルパーさんに作ってもらった時はそれをやらないか心配だったのですが……
これキライ
不安的中
す、すみませんっっ
オレにはオレの信念がある!!
いばるなっての
こんな父の元で育った私の理想の男性は……
パクパク
うん!!
まあいいよ！がんばったんだし
ちょっとマズイおかずでもこう言ってくれる人♡
条件はこれだけ!!!
誰か嫁にしてください!!♡

スーパー介護軍団

介護サービスを受けるまでにはいろいろな苦労があった。だが、そんな苦労の甲斐もあり、岡崎家を強力にサポートしてくれるスーパー介護軍団に出会うことができた。

まず、私の半泣き電話を受けてしまったケアマネジャーのKさん。

彼女はこの道15年の「介護のエキスパート」である。義母の施設入所をきっかけに「介護」に興味を持ち、主婦から「介護」を仕事にすることを決意。

月末になると、父のケアプランの確認のため岡崎家にやってきて、父はもちろん私や母が元気かどうかも気遣ってくれる。私はKさんの菩薩のようなやさしい笑顔に会えるのを、毎月の密かな楽しみにしている。そんなKさんの悩みは、

「どんどん厳しくなる国の規定の中で、みなさんが満足いくケアプランを立てる難しさや、ヘルパーさんとお手伝いさんの違いをわかってもらいにくいこと。ただ、その違いがはっきりしてないところが介護なんですよね」

と、菩薩の笑顔を曇らせていた。

お次は、Kさんが所属する事業者の所長を務めるHさん。

頼りになる個性派ぞろいのプロ集団

彼女は幼い頃よりリウマチを患い介護が必要であった母親や、祖父母を介護するヘルパーの仕事を身近に見て、「介護」の仕事に就くことを選んだそうだ。

Hさんは介護の仕事を色にたとえて、こう話してくれた。

「病院は入った瞬間から、そこで行う医療行為のすべてを医師や看護師が担当します。それはまるで赤と白を分けるぐらい境目がはっきりしています。しかし、家庭に入り日々の暮らしを支える介護の仕事は、介護される人ができることは尊重して見守り、サポートが必要なことだけをお手伝いします。介護は境目がわかりづらいパステルカラーのような仕事が多いのです」

とその仕事の難しさを説明してくれた。

ちょうどHさんがヘルパーとして岡崎家に入ったとき、魚をさばくことが得意だった父が、魚をさばきたいと言い出した。父は麻痺した手で包丁を握り、魚をグチャグチャにしてしまったらしい。しかし、きれいに魚をさばけなくても父の顔はイキイキしていたと、私の知らない父の一面をHさんは教えてくれた。

たとえ失敗という結果に終わってもそれはリハビリであり、「介護される人」の生きる自信につながるチャレンジはなんでもやってもらうべきだと、介護のプロだからこその視点を私たちに教えてくれた。

楽しいねえ
今日は

最後に、介護サービスを受けた当初から、週に1、2回は我が家を担当しているヘルパー歴6年のMさん。

定年がなく、身体が動く限り続けられるヘルパーの仕事に魅力を感じたという。彼女は、常に人と接することができる現場にこだわり続けている。そんな現場主義の彼女のポリシーは、「寝たきりの方から軽度の方まで介護の度合いにかかわらず、すべての人に同じ対応を心がけています」ということだ。なんと、息子さんもヘルパーの資格を取り、親子でヘルパーをしているそうだ。

Mさんはいつも元気でとても明るい。彼女が来ると岡崎家の中もパッと明るく華やかになる。父がMさんと楽しく話す声が、隣の部屋まで聞こえてくることもしばしば。

このように、安心して任せることができるスーパー介護軍団のおかげで、私は日々安心して働くことができるのである。

また、彼女たちは私や母が介護に困っていると相談に乗ってくれ、いつも適切なアドバイスを与えてくれる。彼女たちの話は、ベテランならではの経験から学んだ知恵が盛りだくさん。彼女たちの支えがあって、なんとか父を在宅で介護できているといっても言い過ぎではないだろう。

スーパー介護軍団のみなさま、これからも岡崎家をよろしくお願いいたします！

薬は自分で飲みましょう

父は薬を飲み忘れることがよくある。そこで、ヘルパーさんに父に薬を飲ませて欲しいと、ケアマネさんに頼んだ。

すると、「薬を飲ませることは、食事のサービスとは異なるサービスになるので料金が高くなってしまいますが……」と、菩薩顔のケアマネさんが渋〜い顔をするではないか！

訪問介護サービスには「生活援助」と「身体介護」がある。掃除や買い物、食事を作ることなどは「生活援助」。オムツ交換やトイレ誘導などは「身体介護」。そして、「生活援助」よりも「身体介護」のほうが利用者の負担額は高い。

ここで本題の「薬を飲ませること」は「身体介護」となるので、料金が高くなってしまうということらしい。う〜ん、介護保険って難しい！

岡崎家は決してリッチな家庭ではないので、

「お父さん、薬は自分で飲むようにしてくださいよ」と、娘は父に頑張ってもらうことにした。

クロはグルメ!?

ドッグフード特売で安かったんだーーっ
ハイどうぞ
プイ
安いのなんて食べない
ボクにはボクの信念がある!!
お父さんに似てきたーーっ

5章 母、復活

お母さんのおかげで娘は強くなりました

かつらがほしい!!
……と言い出した母。
それにご近所さんに車出してもらう約束したし
そしてちゃっかり!!
しかしその日はものすごい台風!!
こんな天気なのに?!
で、ものすごい雨風の中デパートへ…
ゴ
あら
デパートおいてていいじゃない。
前向き!!
かつらとばされないようにしなくちゃ
心配なのはそこかい!!

このようにグングンつき進むタイプの母…
私が小さい頃にも…
えっっ
杏里逆あがりもできないのっ
うん…
すると次の日の早朝…
特訓よ
ねむいよー
お前ならできるっ!!あきらめるなーっ
人間やってできないことは
なーーーいっ
ひ〜〜
きつかったな……
そんな母の娘だから困難に立ち向かっていられるのかも…。

ヨン様ごっこ

抗ガン剤治療のせいで、母は頭の先からつま先まで、毛という毛がすべて抜け落ちてしまった。

そこで、抗ガン剤治療の中休みに外出許可をもらい、私と母、そしてご意見番として選ばれた近所のオバチャンの3人が、台風による暴風雨の中、かつらを買いにデパートに出かけた（車を出してくれたオバチャンの旦那様に感謝）。

もともとおしゃれ好きな母は、いろいろなヘアースタイルにチャレンジすることができる「かつら」に興味津々。

かつら売り場に着くと、それまで被っていた帽子をツルンと脱ぎ捨て、ツルツルの頭をむき出しにして、かつらを試着しまくる。隣の化粧品売り場のお客さんがツルツル頭の母を見てギョッとしているが、そんなことはお構いなし。かつら選びに集中するあまり、周りが見えなくなっているらしい。ひとつのことにどっぷり浸かれるオバチャン精神に感服。

ショートカットが多かった母は、やたらとロング系のかつらを試着していたが、残

（コスプレ前）
いつもの母＝関西系オバチャン
（ただし東北出身）
人生なるようになるさっ

念ながらどれも似合ってはいなかった。

一緒に選びに行ったオバチャンと、「やっぱりショートがいいよ」とロング志願の母をなだめ、ショートカット系のかつらの試着に軌道修正。

するとショーウィンドーの奥のほうにあった、オレンジ色に輝くかつらを指差し、「あの、ヨン様みたいなかつらが欲しい」とひと言。

「冬ソナ」大ブレイク中の当時、50代オバチャンの母も例外なく、それにどっぷりハマッていたのだ。

みんなが止めても母は「あれを試着したい」と熱く訴える。仕方がないので試着させると、意外に似合うではないか！　でも、ヨン様って男だけど……。

まぁ、本人が気に入って、楽しい気分になればそれでいいか、ということでそのオレンジ色に輝く「ヨン様かつら」を購入。

サービス精神旺盛な母は、翌日から、お見舞いに来る人すべてに、「ヨン様かつら」を被り、あのマフラー巻きをして出迎え、笑いを取っていた。

母に元気をありがとう、ヨン様。

（コスプレ後）
出迎えの母
＝
イケてる韓国スター
（のつもり）
アンニョンハセヨ〜

母の幻の涙

波乱万丈な人生を
がハハハハ
ッ!
いつも前向きに乗りこえてきた母。
大手術の前だって
いってきまーす
豪快に笑っていた……
そんな母がリンパ浮腫手術の前に――
さあいきますよ――
わあああああ
泣いた。
えぐえぐ
私は元気になれるのかしら――っ
お家に帰れるのかしら――っ
ピー
お…お母さんっ

うーうー
大丈夫よ元気になるわよ
あの前向きなお母さんが……
泣き方も豪快だったよ
夢でもみたんじゃない？
あの時はびっくりしたなぁー
私は弱音もはかないし人前で泣いたりしないわよッ
ふん
くす
都合の悪いことは認めない。
あたし言葉もかけられなかったよ～～
そんなことあったかしら？
私もそんな弱気は母らしくないので
そうだね夢かもね
……ととぼけています。

退院

母は入院から8カ月後に、めでたく奇跡の生還（退院）を果たした。

しかし卵巣ガン摘出手術後からこの日を迎えるまで、決して順調だったわけではない。体調が良いときは「笑わせ隊」となり、病院の人気者になったりもしたが、そこに至るまでには、紆余曲折な日々があった。

婦人科系のガンの手術では、ガンの転移が危惧されるリンパ節も摘出するケースが多い。母もガンのあった卵巣はもちろん、ガンの転移の可能性がある子宮と、その周辺のリンパ節を数多く摘出した。リンパ節を摘出した人の多くが、体液がスムーズに流れなくなり、それが足などに溜まってしまう「リンパ浮腫」になってしまう。ひどくなると足の太さが2倍にも3倍にもむくんでしまうのだ。

残念ながら、母もリンパ浮腫になってしまった。さらにそのリンパ浮腫の中に細菌が入り、40度以上の熱が3週間も続き、体液を抜く手術を2回もするはめになった。

入院時には55kgあった体重が39kgまで落ちたときには、さすがにいろいろなことを覚悟した（今はまた、あっという間にリバウンド。人間ってすばらしい）。

女王様に献上
今日のはまぁまぁね
・・・

●「女王様」から「鬼姑」へ

そんな紆余曲折な日々の中、父とは違い食事制限が一切ない母は、「熱々のお好み焼」とか、「揚げたてのコロッケ」とか、「暑い夏は冷たいそうめんだね」とか、こっちの苦労も知らないで、いろいろな食べ物を次々リクエストしてきた。そして、お気に召さないときは容赦なく「まずい」とつき返す。

病人でなければ一発お見舞いしたいくらいのワガママ女王っぷりであったが、少しでも元気になって欲しいと、娘は次々とワガママ女王に食べ物を献上し続けた。

そんな娘の努力の甲斐もあってか、無敵の母はガンを克服し、岡崎家に戻ってきた。

母がいない8カ月は、父の介護はもちろん、家事のいっさいがっさいを、私のペースで好きなようにこなしていた。ところがこれで母の看病から解放されると思ったのも束の間、几帳面でちょっと神経質気味の母が帰ってきたとたん、「洗濯の干し方がダメ」だの、「みそ汁がしょっぱい」だの、ワガママ女王は口うるさい鬼姑となり、体は動かないけど、口だけはよく動かしてくれた。

母に息子がいたら、お嫁さんはきっと逃げ出すだろうと本気で思う。でもどんなにうるさい鬼姑でも、母が元気でケンカできる日々に、娘は幸せを感じているのだ。

ちゃんと干しなさいよ、ちゃんと！
イラ イラ
うるさいのも元気な証拠

Mちゃんの命は私の中で生きてるよ

母と共にガンと闘った仲間でMちゃんという人がいる。
あらまたMちゃんの彼がきてる
ラブラブでうらやましいわーー
ホントー
あんたも早くみつけなさいよ
うっ…うるさいな
Mちゃんは結婚を控えていた。
それで、一度退院したものの…
再入院…。
しっかり治さなきゃ!!
そうだよ!!

でも…
抗ガン剤で髪の毛とか抜けちゃうの…
イヤだなあーー
若いんだからかわいい帽子をかぶってオシャレすればいいのよ!!
毛はまた生えてくる!!
ーでも
がはは
あははは
Mちゃんが花嫁衣装を着ることはなかった…。
訃報を聞き悲しくてしかたなかったけど……
Mちゃんの分まで一日一日を大切に生きていこうと誓った。

一番悲しいこと

母が一番落ち込み、悲しむこと。それは、闘病仲間のガンの再発や、その仲間が亡くなってしまうこと。

同じ悩みを抱え共に病気と闘った彼女たちの絆はとても固く、仲間が再発して、また抗ガン剤治療を受けているという情報を聞きつけると、すぐに「笑わせ隊」が病室に集結する。

そして勝手に歌い、踊り、変な顔をして、仲間を笑わせて白血球の数値を上げることに努める。そこでは彼女たちはとても明るく、前向きなことしか言わない。

しかし家に戻ると、自らもガン再発の恐怖に怯え、涙を流しているのだ。

そして一番あってほしくない、仲間の死に関しては、立ち直るまでに相当な時間を要する。何を言ったらいいか、何をしてあげたらいいか、こればかりはいつもいつも途方に暮れてしまう。

私だって、もし母のガンが再発したら、また看病&介護のあの悪夢が岡崎家に訪れるのではないか、という不安に押しつぶされそうになる。

●母と一緒に

関西のオバチャンもびっくりなキョーレツご都合主義で、スーパーポジティブの母が、ガン再発の不安で眠れない日が続き、こっそり睡眠薬を処方してもらっていたことがわかった。

母が不安がるたびに私は、「お母さんは初期も初期、ガンって呼べないぐらいで摘出して、さっさと抗ガン剤治療も終わったのだから、絶対に大丈夫！　みんなの分も元気に生きないとね」と言うことしかできない。

そんなことしか言ってあげられない、自分の無力さに泣きたくなる。でも私なんかよりも、つらい思いをして日々病気と闘っている人や、闘った人、不安に怯えている人に申し訳ないので、絶対に泣かないようにしている。支えている人の心まで弱ってしまっては、病気と闘う人たちが余計に不安になるだろうから……。

幸いにも、3カ月に1度の定期検診の前日は、眠れない夜を過ごしているが、今のところ母に、ガンの再発は見つかっていない。

ガンにはストレスが一番いけないと言われているが、父の介護や、父の事業をほぼひとりで背負ってしまっている母には、ものすごいストレスがかかっているに違いない。

それをどこまで、軽くしてあげられるかはわからないが、できる範囲で一緒に頑張っていこうと思っている。

キレイな夕日
明日は
晴れるね

飛行機が飛んでもおかしい年頃

母がおばちゃん連中と旅行に行った時のこと……
いってきまーす
こんな金属のかたまりが空飛ぶなんてねーっ
ね～
ガハハハハハ
初めて飛行機に乗った母……。
わー
そして離陸……
ゴー
おたくも初めて?
ええ。
あらっ
?!

あの
ビルの屋根……
さっきからずっとついてきてるのよ
最近は高いビルが多いからね〜〜
でも全然屋根がはなれないわね……
まるで……一緒に飛んでるみたいね……
それ…飛行機の羽ですよ
!!
じゃあ一緒にとんでるんじゃない!!
ガハハハハハハ
……ってもー〜大笑い!!
ガハハハハ
……そんなことで笑えるなんてある意味うらやましい……。

母は最強！

卵巣ガンから奇跡の生還を遂げ、日々私にチクチク文句を言い、強力鬼姑化している母。相変わらずガンの再発に怯える日々は続いているが、今ではすっかり元気になり、父の代わりに家業を牛耳っている。

そんな母は、そのキャラクターのせいか、なかなか「ガン患者」という事実を周りの人に認めてもらえないのが悩みらしい（変な悩みだ）。本当は病気のことを、みんなにもっと心配してもらいたいらしい。

「あら、奥さんこんにちは。天気がいいわね。こんな日は仕事がガンバレそうね。ガハガハガハ」

道の真ん中で大口を開けて、ガハガハ笑う母が、まさかガン患者だったなんて思うはずがない。

東北地方で生まれ育った母。関西に親戚なんて誰もいないのに、なぜかスピリットが関西人なのだ。関西出身の人にもお墨付きをもらうくらい、関西人オーラを放っている。そのオーラのせいで、ガンという大病を患った人にはまったく見えない。

服も関西系

まず、ファッション。どこから買ってくるか不明だが、Tシャツはヒョウ柄トラ柄当たり前、最近はゼブラ柄にも手を出した。ゼブラ柄に至っては、色違いで2枚ご購入。それを、仲良しのこれまた関西オバチャンキャラ仲間にプレゼントしたというから驚きである。イケてないアニマルプリントが私の周りでは、日々増殖している。もちろん、ヒョウやトラの目はクリスタルかなんかが付いて、キラキラ（ギラギラ）している。

私がよく、

「今日もすごいの着てるね。そういうの着ると、病気は逃げていくだろうね」

というと、

「これ、カッコいいでしょ？　結構この

服、高いのよ」

「全然、高い服に見えないですけど」

「失礼な。メイド・イン・イタリーなんだから」

「ホントかよっ！　それ騙されてるよ、ってか、どこで買うんだそんな服」

「一流デパートよ」

と自慢げな答えが返ってくる。

私の「すごい」は「よく、そんなすごいセンスの服が着られるね」という意味なのだが、母のポジティブ言語機能が「すごい＝カッコいい」と変換したらしい。

だけど、このスーパーポジティブ思考が、病気を治すパワーに変わるのだろう。

そして、声がハンパでなくデカイ。どのくらいデカイかというと、プロ野球が開幕されているシーズンは、

「かっとばせ〜、○○！　負けるな、負けるな、○○!!」

2軒先までテレビに向かって発する応援の声が聞こえてくると、近所のオバチャンが言っていたほどだ（ちなみに阪神ではない）。

さらに誰とでもすぐに友だちになる（友だちになれると思い込んでいる）。話をしたい対象を見つけると、ガンガン話し掛けにいく。

笑ってるときが
一番、
母らしい
ガハハハハハ

あるときは、隣の工事現場のラジオ体操に乱入してご一緒したり、またあるときはベランダで
「カー子、元気? ゴミをちらかしちゃダメだよ。ちらかしたら、怒るわよ。ほら、クロもカーコにあいさつしなさい」

とカラスと会話をしていた。相手は人間でなくてもいいらしい。

そんなキャラクターのおかげで、自宅兼会社には、仕事のお客様以外にも、町内会のみなさんやら闘病仲間のみなさんやらが、ひっきりなしに母を訪ねてくる。

ウソでなく、1日に3人は来客があるようだ。

そして、今日も大きな声で
「お父さん、もう、おねしょはいい加減にしてよ!」

と怒ったかと思ったら、

「お父さん、洗濯ものを畳んでくれてサンキュー、愛してる。ガハガハガハ」

と大笑いをしている。

娘は結構、母のこの最強オバチャンキャラに救われているのだ。

ボクが要介護度ナンバーわん！

クロは現在15歳。人間の年齢に換算すると、すでに80歳を超えているらしい。岡崎家のマイナスイオン、癒しの源泉、クロのいない生活なんてもう考えられない。

そんなクロが、大量の鼻血を出し意識不明に。獣医さんに「脳出血」かもしれませんと告げられた。「クロ、お前までも……」。いつどうなってもおかしくない状態だと言う獣医さんの前で、岡崎ファミリーは放心状態に。ところが3日後、なんと意識を取り戻し、立ち上がったではないか！　「これは奇跡だ！」と、獣医さんも驚いていた。私たちもクロの生命力に勇気付けられた。クロは偉大である。

しかし麻痺が残りまっすぐ歩けないクロは、トイレが間に合わない。デブ犬のクロには犬用のオムツは胴が足りない。そこで父のオムツにシッポ穴を開けて履かせたらピッタリではないか。

というわけで、クロの介護も私の日課となったのであった（なんでこんなに介護ばかりするハメにぃ～。でもクロなら許す）。

クロ専用布団

ボクには専用布団がある
こないだは新品のタオルまでかけてもらった。
かぜひくよ
ぐぬぬ……
あれはオレが見舞いにもらった高級タオル…!!!
なぜかお父さんの視線が痛かった。

6章 父、子どもになる

ウキウキショートステイ

疲労
は〜〜〜…
ケアマネジャーさん→
お二人とも疲れた顔してますね
はあ…
お父さまをショートステイに預けてみてはいかがですか？
ショートステイか…
うーん
でもお父さんがなんていうか……
お父さん…
あのね…
施設のショートステイっていうのがあるんだけど…

それ……行ってみない？
いいよ
あっさり。
え……そお？
ショートステイか――……
どんな人がいるのかな
何やるのかな
わく
わく
わく
本と～ハブラシと～
なんか かんちがいしているような……
チェックアウトは何時かなーっ
完全に旅行だと思ってる?!!
て～～
いってきまーす
いいんじゃない 楽しそうだから
そうね

ショートステイ・デビュー

母や私が父の介護に疲れて、心が狭くなっているのを察知したケアマネジャーさんが、「ショートステイのサービスを利用してはどうか」と勧めてくれた。

そして母と私は話し合いの結果、普通の人より少し早めのデビュー(利用)ではあるが、父の高齢者福祉施設への「ショートステイ・デビュー」を決めた。

はじめてのショートステイが久々の外泊だったため、父は「その旅行かばん見るの久しぶりだな。旅行に行くみたいだね」とちょっとうれしそうだった。

家族としては複雑な心境だったが、初ショートステイ前夜には、幼稚園児の母よろしく、持ち物すべてに名前を書く儀式が待っていた。母と私は分担して、タオル、歯ブラシ、クシ、コップ、靴などありとあらゆる持ち物に名前を書いた。

●束の間の解放

翌朝、ちょっとだけ後ろめたさの残る母と私のことなどまったく気にせず、父は旅行気分でウキウキしながらショートステイに出かけていった。

入園式の前日みたい

家族を施設に預けた経験のある人から「悲しいけれど、まだまだ劣悪な施設も存在するから、抜き打ちで面会に行き、施設の環境をチェックするといい」というアドバイスを受けた（これは大切らしい）。

そこで、私は抜き打ち検査官として、翌日父の面会に行くことになった。

その施設はできたばかりで、とてもキレイで清潔。しかもビルの上層階にある部屋からは駅が見える。電車が好きな父はその眺めの部屋を気に入っていた。ご飯や施設のスタッフさんのことを父にこっそり聞くと、「ご飯の量は少ないけど、まあまあおいしい」「施設のスタッフさんはいい人たちだよ」とのことで、少しホッとした。

でもちょっと心が痛んだのは、徘徊防止のために、暗唱番号を入力しないと開かない玄関や、他の利用者を迎えに来る家族が父と同じぐらいの年齢で、私は浮いていたということだ。さらに、施設のスタッフさんにはどう見ても父より年上の方もいるようで、なんだか切なくなった。

父は意外にもショートステイを気に入り、楽しみにしているようだ。

またこのショートステイにより、私と母は月に数日だけ介護から解放される。そしてその間に、できるだけ心の電池を充電して、家に戻ってきた父にもっとやさしくなろう……と思うのだ。

この風景が、お気に入り

父がショートステイを好きな理由

注意しているんですが……
ちょっと目を離すと……
自販機のジュースをたくさん買いこんでいました。
ガコン
な…なにしてんのよ——っ
ジュースじゃないっ お茶お茶!!
お茶ならスタッフの人にたのめるでしょ?!!
すみません……次回から気をつけます
いえっ もうこちらこそすみませんっっ!!
迎えにくるなりこわいんだから。
キッ!!
ショートステイを気に入ったわけがわかった気がする…。

パンツに名前

父が初めてのショートステイから帰ってきた日。

父が行く施設は最小限の荷物しか持っていかない。そのため2組の下着を施設のスタッフさんが洗濯してくださり、それを着まわしていく。なので結構、下着が傷んでいたりする。

そこで母は、父がお風呂に入っている間に真新しい下着をおろしてあげた。

すると、お風呂からあがった裸のままの父がひと言、

「この下着、名前が書いてないから着られない」

という。

「なんで、着られないの？」

「ステイ先では、自分の名前を確認してから服や下着を着ていた。でも、これには名前が書いてない」

おぉ〜、たった1回のショートステイで、すっかりショートステイ気質（？）になったのね〜（ちょっと感動）。

このパンツ
名前がないぞ

内弁慶、外地蔵、がんこ親父、ワガママ大臣（言い過ぎ……）な父は、外では真面目で優等生ぶる傾向があるので、それをきちんと守り、たった1回のショートステイで「名前チェック」が習慣となったらしい。

母と私は、この父のちょっと微笑ましいエピソードに和んだ。

そして母との緊急会議の結果、「どうせまたショートステイのたびに父の持ち物にはすべて名前を書くのだから、これからは父に新しい物を買ったら、すぐに名前を書こう」という、岡崎家の新しい決まりが生まれたのであった。

笑えるエピソードをストック

キツイ介護の日々にも、笑えたり、和んだりするエピソードが結構ある。面白エピソードを探す目を持つだけで、イライラも笑顔に変わる瞬間が時々訪れる。

でも現実はなかなかそれが難しく、些細なことでついつい怒ってしまう自分がいる。そして毎日、「明日は怒らない」と眠る前に反省するのだ。

そんなときのためにも、不謹慎ではあるが「介護で笑えるエピソード」をたくさんストックしていきたいと思っている。

明日は
やさしく
しよう

オシャレに目覚めた（?）父

あ〜
お母さんの香水のにおい…
プ〜ン
バン
て〜
……
…って
お母さん留守なのに?!!
しゅっ　しゅっ
やっぱり!!!
ダッ
ダッ
それが母にバレて
母、大激怒。
ぬわにー!!

高級ブランドの大事な香水を―――っ
プ～ン
まあまあ
はっ
でも今日って…
いってきまーす
ショートステイの日…
前に父がおもらしをして
くさいッ
…って言ったことがあったから
においを気にしていたのかな…
反省
イヤ…
ただ単にオシャレにめざめただけかも。
今頃?!

赤ちゃんがえり

父はショートステイから帰ってくると、すっかり甘えん坊の大きな赤ちゃんになっている。

それはショートステイの施設を出るときから始まっている。

行くときは自分で靴を履いて出かけたのに、帰宅の際、施設用の上履きから外履きに履き替えるのを私に頼もうとする。私はすかさず「自分でできるでしょ」とひと怒り。父はブツブツ言いながら、渋々自分で靴を履くのである。

岡崎家は父に少しでも自分でできることは自分でやってもらう方針をとっている。もしかすると、「そんなことまでやらせているのか」とお叱りを受けるかもしれないことまで、父に自分でやってもらっているかもしれない。

たとえば洗濯ものを取り込んでもらうなど、私たちならば5分とかからないことでも、父だと3倍の15分もかかる。それでも、できることはなんでもやってもらうのがリハビリと考え、私も母も心を鬼にして父に頑張ってもらうことが多い。

しかしショートステイ先では、ちょっとズルく面倒臭がり屋の父は、ワガママ大臣

の血が騒ぐのか、どうやら施設のスタッフさんに甘えまくっているらしいのだ。

●言い訳はハイスピード

あるとき父の爪がすごく伸びていたので
「お父さん、爪がすごい伸びているよ。切ったほうがいいんじゃない?」

と言うと、

「わざと伸ばしているんだ」

と自慢げに答える。

「なんで? 危ないよ」

「○○の△△さん（施設のスタッフさん）に切ってもらうから、いいんだよ」

「え〜っ、今までは自分で頑張って切ってたじゃん」

「だって自分で切ってしまったら、彼ら

の仕事がなくなるし」

おいおい、どうしてあなたはそういうズルい言い訳を考える頭の回転は速いわけ？とツッコみを入れずにはいられない返答に娘はビビッた。

他にも、まったく自分で入れ歯を洗おうとしない。それを注意すると
「入れ歯を洗わないと臭うよ」

「○○の△△さんは、食事の後にきれいに入れ歯を洗ってくれたんだ」

「家では自分でできることは、自分でしてください。この前まではやっていたでしょ？」

「もう、できないかもしれない」

「まず、やってみてから言ってくださいな」

「もう、怖いなぁ……」

「怖くてもできることは、自分でやるのがリハビリだから、頑張って！」

渋々洗面所に行った父は、自分で入れ歯を洗えていた。

（おい、できるじゃないか）娘は危うく、父の甘えん坊赤ちゃんキャラにだまされるところだった。

赤ちゃんキャラ
にはだまされん

父の策略

ぎゃー
また!!
←おふろ場
おふろでオシッコなんてするわけないっ
ムー
また湯舟でオシッコしたね
えー?
そこで
おふろの水を半分以上入れるべからず
バーン
ギャーギャー!!
前頭葉が壊れ気味の父はオシッコの出る感覚がわからないらしい。
ふんっ
……
こんな決まりを作ったが……

あーーたっぷり!!
ホカホカ
だって肩までつかりたいんだもん
じゃ湯舟でオシッコしないでーっ
してないっ
でてるのみればわかる!!
すると翌日
この色は?!!
……入浴剤2つも入れたな…
○○の湯
これなら色わからないでしょ
そーいう問題か!!
やれやれ…

いつもの朝

「またシーツがビショビショで、畳まで濡れている。もう毎日いい加減にしてよ！　それを洗濯するのは誰だと思っているの？　毎日、毎日、シーツを洗うなんて、洗濯機が壊れそうよ！」

と、岡崎家の朝は、母のカミナリ声から始まる。

　父がおねしょをするようになったここ数年、母のカミナリ声が私の目覚まし時計となっている。それはどんな目覚まし時計よりもキョーレツで、起きられないことは絶対ないぐらいのパワーだ。

「もう、お母さん毎日のことだからそんなに怒らなくても……」

などと言おうものなら、

「じゃ、あんたがお父さんのおねしょを止められるの？」

などと、かなりの無理難題が突きつけられる。挙句の果てにはその怒りの矛先がこちらに向かい、

「なに、もたもた支度してんのよ。さっさと仕事に行きなさい」

危険につき
しばらく
放置

と、とばっちりを食らうので、そっと起きて、自分の支度をひっそりして出かけることにも慣れた。

怒られている張本人の父はもうすっかり慣れっこで、あまり母のカミナリに動揺していない。

「なんでこっちがこんなに怒っているのに知らん顔なのよ！」

と、反論すればもっと恐ろしいから黙っている父に向かって、母は追い討ちをかける。その知らん顔の態度も母の怒りを増長させている。こうなると、何をしても母の怒りは止められない。

潔癖症気味の母は、父のおねしょが許せないらしい。オムツをしていても、夜中に出るおしっこの量がオムツのキャパを超えてはみ出し、おねしょとなってしまうのだ。オムツを買いに行くのは、私の当番。できるだけ、特売の日におしっこを吸収する量の多いオムツを買うようにしているが、それでも吸収できない量の日がある。

さらにおねしょを未然に防ぐため、夜中に何度もトイレに起こしたりと、涙ぐましい努力を母はしている。それでもおねしょをしてしまうときがある。

以前ヘルパーさんに教えてもらった、介護用のシーツ（表面は普通のシーツだけど、裏はオシッコが布団に染みないようにビニールになっている）を使ってはいる。しか

カミナリのない日は朝寝坊
ぐー
ぐー

し布団が汚れないのはいいのだが、ビニールにはじかれたオシッコが畳に滴り落ち、畳を汚してしまうのだ。なかなかすべてがパーフェクトというわけにはいかない。

そして朝、キレた母が元に戻るまでにはかなりの時間を要する。一度、母の怒り爆弾に火が付くと、世の中のすべてに腹が立つらしく、朝のニュースのひとつひとつにまで怒りのコメントをしている。

「なんで朝からこんなに暗いニュースしかないのよ。ますます気が滅入るじゃない。朝はできるだけ明るいニュースから放送してほしいわ」

などとかなり無茶苦茶な注文を、遠くの空からテレビ局に注文している。

挙句の果てには、いつもは溺愛している犬のクロにさえも、「犬のくせにまだ寝ているのか！」と、ワケのわからない怒りをぶつけている。クロもなぜ怒られているかわからず、そんな母から遠ざかっていく。それもまた怒りを助長させる。

そんなわけで、静かな朝は「お父さん、今日はおねしょしなかったのね」と夢の中で思いつつも、母のカミナリ声がないので、朝寝坊をしてしまったりするのだ。

本当は清々しく目覚め、家族３人（プラス１匹）で、平和に楽しく朝食を囲み、ニュースの話題で世の中を考え、穏やかな気持ちで出勤したい。

これは私のささやかな夢だけど……。

「老老介護」の現実

月に一度、父の定期検診に母の代理として、父とケンカをしながらも、私が付き添いで病院に行くことがある。

脳神経外科の患者さんの多くが体に麻痺などがあるため、家族やヘルパーさんなどの付き添いの人と一緒に来院している。

先日も待ち合い室で、ヒヤリとする場面に遭遇した。体に麻痺がある奥さんが乗った車椅子を押す旦那さん。お二人の年齢は80歳前後のように見える。

曲がった腰の旦那さんが、奥さんの乗った車椅子を一生懸命押している。すると、少し傾斜になっている診察室の入口で旦那さんがよろめいた。

「あぶない！」

待ち合い室の全員がそう思った。

運良く、周りの人たちのサポートで大事には至らなかったが、これが今問題となっている「老老介護」の現実なのだと思うと、胸がギュッと締め付けられた。

おともだち

今日も
ボクは待っている……
キャッ
キャッ
きた!!
杏里
ここあけて早くっ
ハイハイ
保育園のみんな、おはよう
わー
かわいい
キャー
外ヅラいいなー

7章 岡崎家のメゲない生活

へりくつ父さん

リハビリセンターの帰り・・・・
必ずジュースを買ってくる父
お父さーん……
あ
なんでまたお汁粉の缶がーっ
飲みたかったから
へーぜん
あ……あのねぇ〜〜

糖尿病には害なんだよッ
わかってるでしょ?!
まあ待て杏里
これにはワケがあるんだ
どんな
センターの帰り道にある自販機は100円なんだ!!
はい?
うちの前の自販機より20円も安いんだ!!
そーいう問題じゃないっ
わかってないな〜
10回買ったら200円得なんだぞ
だから〜
100回も買ってみろ そしたら…
もうーっ
あきれてモノも言えません…

白状しろ！

糖尿病でもある父は、病状の進行を防ぐため基本的には甘いモノが禁止だ。なのに、ちょっと目を離すと甘いモノを食べている。

戸棚の奥に隠しても、執念で見つけ出す。家の中から発掘できないときは、こっそりリハビリセンターの帰りに、コンビニで何かを買ってくる。

そして驚きなのが、食べ物に関することだけは何があっても忘れないということ。私と母がお菓子を食べていようものなら、それを食べさせてもらえるまで、「昨日、二人が食べていたお菓子はどこだ？」と、こちらが忘れた頃に聞いてくる。

さらにタチが悪いことに、甘いモノを口に入れている瞬間を押さえない限りは、自分の非を絶対に認めない。たとえ空の袋が机の上に置いてあっても、口の周りにお菓子の粉が付いていても、である。それが火種となり、しばしば大ゲンカが勃発。

「誰？　ご飯の前にまんじゅう3つも食べた人〜？」

「オレじゃないよ」

「お父さんしかいないでしょ？　この部屋には、他に誰もいないんだから」

食べ物の記憶は不滅

「クロが食べた」

「クロなワケないでしょ、どうやって袋を開けるの?」

「ヤツは天才だから、開けられるんだ!」

「じゃあ、口の周りについているあんこは何?」

「勝手についた」

「勝手にあんこが付くまんじゅうなんて、聞いたことないよ」

「オレは絶対食べてない」

「もう、血糖値が上がって死んでも、助けてやらない!」

とこんな会話が、ほぼ毎日繰り広げられている。彼は言い逃れがものすごく達者だ。

認知症の人は時折、妄想や幻覚を本当のこととして話すことがあるらしい。しかし父の場合は、明らかに私をおちょくるための作り話だ。その証拠にクロに罪をなすりつけた話をしていたときは、自分で自分の作り話にウケてしまい、顔が笑ってしまっていた。

そんな父も、口にお菓子を運んでいる現場を現行犯で発見されたときだけ、

「どうしても、食べたくて食べました……」

とやたら素直に自分の非を認めて、クロの無罪が証明される。

論より証拠
まんじゅうなんて食ってないよっ
……

一緒にいてもわからないこともあるんだよね

桃缶が安い!!
買ってこい!!
チラシ
いらないから買わないよっ
特売のうちに買いなさい
でも
リハビリセンターのみんなへの差し入れだ
買ってこーーい!!
父独自の世界観を理解するのは難しい。
桃缶だぞーー
特売の桃缶!!
ハイハイ
思い込んだらそれが絶対になる。
しかしある日リハビリセンターで…
岡崎さんはひとつの事を長く続けられないみたいですね。
えっ…
意外な事実にビックリ。

なので30分ごとに違う作業をしてもらってます
そうなんですか…
私達も理解するのに時間がかかりまして…
…
いろいろお気づかいありがとうございます…
私たちまだまだ勉強不足ですね
ご家族でも気づかないことってあるみたいですよ。
…
近いからこそみえないこともあるのかも…
ええ、忙しく働いていた男性は特に距離感が難しいようですね。
すごい観察力…
いろんな発見があって楽しいですよ!!

下着すり替えの術

認知症の父は、私たちには理解できないような行動をしばしばとる。

お風呂上がりの下着交換も、そのひとつ。

現状、父はなんとかひとりでお風呂に入ることができる。その際に、持ってきた下着を脱衣カゴに入れる。そこまでは、普通の人と同じ。その先が少しズレてしまう。普通の人ならば、今まで着ていた下着は洗濯カゴの中などに入れ、新しく持ってきたきれいな下着を一番上に出しておくだろう。しかし父は、持ってきたきれいな下着の上に、脱いだ下着をまた置いてしまう。そして、お風呂から上がると、一番上にある脱いだばかりの汚れた下着をまたはいてしまう。

何度注意しても、これを繰り返すのだ。

この不可解な行動をヘルパーをしている友人に相談すると、「脱いだ下着のことを忘れてしまって、それが一番上にあれば新しい下着と勘違いして、また着てしまうからだよ。だからお風呂に入ったすきに、汚れた下着はさげて、きれいな下着とすり替えないとだめだよ」とのこと。「なるほど～」目からうろこであった。

今がチャンス!!
さささっ

それからは父がお風呂場に入ったすきに、母か私が〝下着すり替えの術〟をほぼ毎日実施することになった。

●オムツも要注意!!

また、夜に汚れたオムツを朝、着替えるのだが、ここでも例の行動を父はとっていた。いくらなんでも、汚れたオムツは気持ち悪いだろうからそれはないだろうと思っていたのだが、考えが甘かった。

脱いで、また脱いだものをはいてしまう。オムツでも同じことをする。これには気づかなかった。オシッコを吸収するキャパを超えたオムツからオシッコが漏れてしまうという大惨事のたびに、母や私は父を怒りまくっていた。しかし、新しいオムツにはき替えるのを見届けるようになってからは、もう怒ることはなくなった。

いろいろなことがわかってきても、完璧な介護は難しい。ついうっかり、すり替えの術を忘れて、「お父さん、ちょっとくさいわぁ〜。でも、まあいいか」なんてことも、実はあったりする。

自分に甘い、岡崎ファミリー。「そのくらいはまあ、いいか」と、頑張り過ぎない介護の日々を送りたいと思っている……。が、それがなかなか難しい。

朝の習慣

トンチンカン父さんには勝てません

バシャ!!
なんと水でカウンター!!
なにすんのよーっ
わー
わー
すかさず私も水をかけ返し、水のかけ合いに。
会社には遅刻。
とーぜん
くっそー
そんな、怒りの感情が爆発すると止まらない父だが……
ただいま~
ムスッ
あっ おかえり~ ご飯は?!
ケロッ
夜には何事もなかったような顔。
今作るよ……
わ~い ごはん~
あのケンカは夢だったのかとも思う。

大乱闘

暮れのある日。なかなか終わらない大掃除で、私と母は非常にイライラしていた。

私も母も仕事がない年末年始は、ヘルパーさんはお休みにしてもらった。そんなことはおかまいなしの父は、掃除中の母に「おなかすいたよ。ご飯早く～」と言ってしまった。

決まった時間にご飯を食べたい父は、誰が何をしていようと、容赦なく食事の催促をする。

「あと少し待ってよ。まったく掃除も手伝わないのにご飯なんてよく言えるわよ！」

といつもよりもいらだっていたせいか、父にきっついひと言を浴びせてしまった母。すると、父は物置から、クロの餌である缶詰を持ち出した。食べ物ならなんでもいいのかい！　とツッコんでいる間もなく、また母がキレた。

「それはクロの餌でしょ？　なんであなたがクロの餌を食べるのよ。もういいかげんにして！」

と父からクロの餌を取り上げようとすると、父がそのクロの缶詰で母を叩いた。

「助けてぇ〜！」

私が自分の部屋を掃除していると、玄関から母の悲鳴。

慌てて悲鳴の元に駆け寄ると、母と父が大乱闘をしていた。父がクロの缶詰を母の頭にぶつけようとした瞬間、反射的に私は父の首に手をかけていた。

人間、とっさのときはなにをするかわからない。父は慌てて、私の手を解こうとする。母もこれはまずいと「杏里、手を離して！」と言って、止めた。私も我に返り、慌てて父から手を離した。そのすきに父がまた母を缶詰で叩こうとしている。

父の壊れた脳は、一度興奮するとそれがなかなか止まらない。クロの缶詰を持った手をまた母に振りかざした瞬間、今度は母が父の手に噛み付いた。クロの缶詰は父の手からポロリと落ちた。

トラブル発生でパニック状態になった私は、過呼吸になりひっくり返る。母は半泣きで、父を椅子に座らせて落ち着かせた。徐々に私も落ち着きを取り戻し、年末の大乱闘はようやく終焉を迎えた。

岡崎家ではこんな大乱闘が1年に数回勃発する。めったにないことだが、壊れた脳により感情の制御が難しい父は、一度爆発すると怒りの感情が止まらなくなるのだ。

そして家族だろうがなんだろうがお構いなし、力加減なしで大暴れしてしまう。

それに加え、そんな父を見ると私はパニックに陥り、過呼吸になってしまう。

最後に、母がそれを泣きながら止める。

この光景は絶対に人に見せられないと思いつつも、ひと通りの出来事（大乱闘↓私が過呼吸↓母が半泣き）が過ぎると、何もなかったかのようにいつもの岡崎家が戻ってくるのである。家族って不思議だ。

この年末の大乱闘のあとも、私と母はすばやく晩ご飯を父に食べさせ、さっきまでの大乱闘を振り返り「いや〜、年末にまたやりましたな」と笑った。

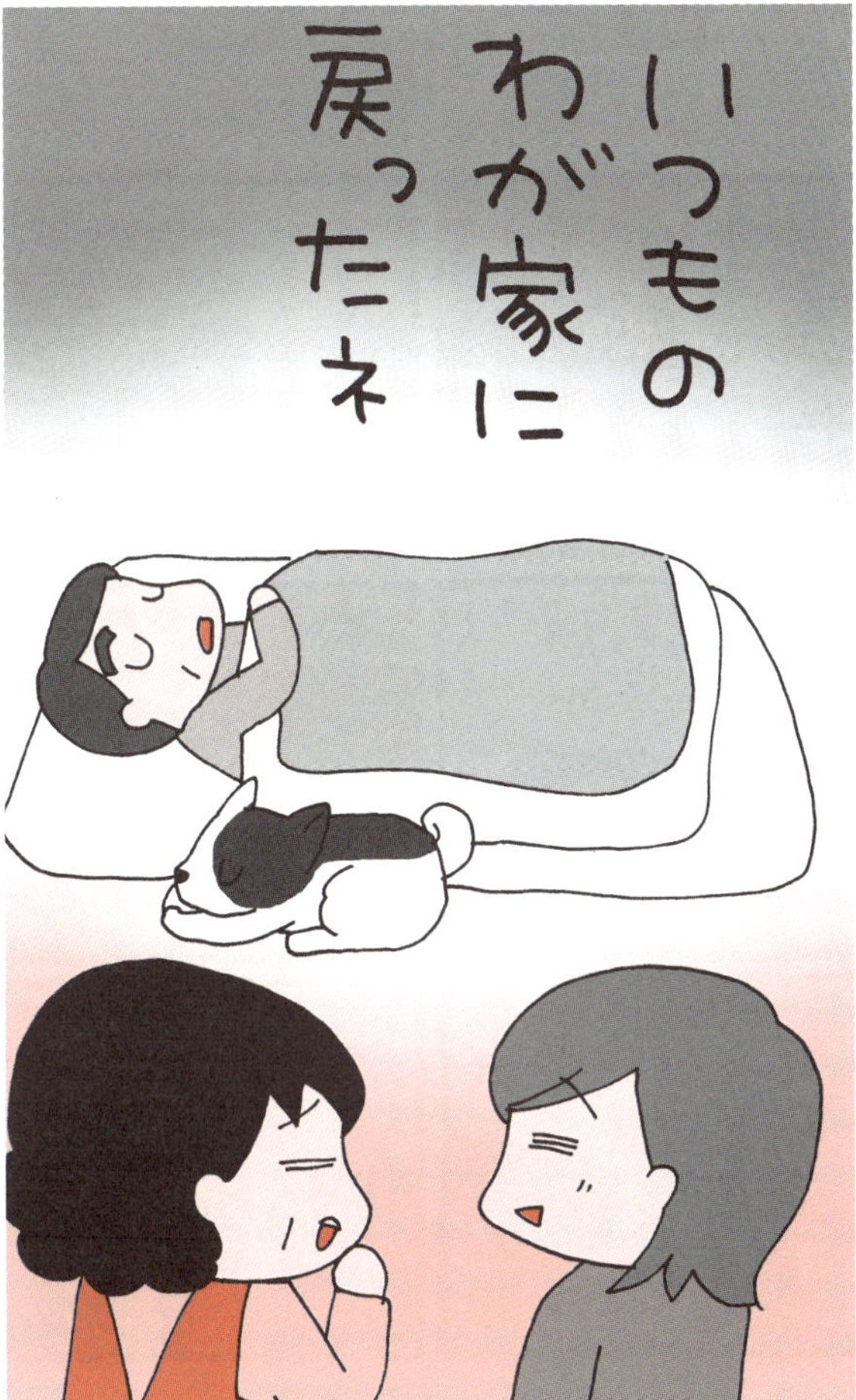
いつものわが家に戻ったネ

「川で救助」の真相は……

ある日…
散歩にでたまま
父が戻らなかった。
まさか…
川に落ちたの?!!
バーン
杏里ーっ
今、
カヌーをこいでる人から
電話がーっ
カ…カヌーっ?
お父さんが
川で救助
されたってーっ
川?!!
そしたら
○☆回△
〜〜!!
おちついてっ
無事なの?!!

とにかく現場へ!!!
はぁはぁ
父は……
父は……!!
あ
ここで転んでいたので…
おぼれたんじゃないのか
出血してたので病院へ行き…
ハァ…おちついた
しかし…川でおぼれた人を救助するのは聞いたことあるけど…
川から陸の人を助けるなんてありえな～い
あははは
安心した私達は大笑いした。
ん?

行方不明

今年のお正月の出来事。

暇そうにテレビのお正月番組を見ている父に、母が「天気がいいから、初詣に行ったらいいかもね?」と言ってしまった。この発言が新春の岡崎家に大きな事件を巻き起こす。

洗濯物を干し終わった母が居間に戻ると、そこに父の姿はなかった……。どうやら、ひとりで初詣に行ってしまったらしい。

2年前のお正月、今よりはまだトンチンカン具合がマシだったのに、ひとりで行った初詣で帰り方がわからなくなり、スーパーの前でうずくまっていたところを警察に保護された前科を持つ、父。

そんな過去があるにもかかわらず、新年早々、お出かけ好きな父が出かけたくなるような発言をした母に、私が新春初ギレ。

「お母さんが新年早々、バカなこと言うからだよ!」

「もうあんなダンナ、知らないよ!」

とここで、母がまさかの逆ギレ。

「お母さんが、新年から問題が起こるようなこと言うからでしょ」

「だって、まさかひとりで行くと思わなかったわよ」

「それをわからないのが、お父さんの病気なの！」

と母娘ゲンカがヒートアップ。

そんな中、たまたまお年賀に来た近所のオバチャンが
「今、ここでモメていても、お父さんは帰ってこないよ。みんなで探しにいこう。行ってそうなところを手分けして探そう」

と、母娘の仲裁に入ってくれた。

そして一番冷静なオバチャンが司令官となり、オバチャンの家族をはじめ、近所の

人々にも協力をお願いして父を捜索することになった。

新年早々、大捜索

母は、父が初詣に行ったと思われるお寺に行き、

「初詣に行ったっきり帰ってこない、認知症の家族を探してください」

とお坊さんに話すと、

「行方不明なのは、あなたのお姑さん？　それともお舅さん？」

と答えが返ってきたという。

「いいえ、私の旦那です。まだ歳は若いですが、認知症なんです」

と母は渋々、答えたとのこと。

「やっぱり私の旦那が認知症なんて、誰も思わないわよね……」

と涙ぐみながら話す母を見て、少し泣けた。

そしてみんなが探し始めて、5時間が経過。ついに警察に「捜索願い」を出した。

父が行方をくらましてから10時間が経過したころ、一緒に探してくれた近所のオバチャンから「父発見」の連絡を受けた。

捜索願いまで出して、みんなが一生懸命探し回っていたことを父に伝えると、

とにかく、無事でなにより
ゼー
ゼー

「警察官とは、2回すれ違った」

と言うではないか（本当かよ）。

頭はトンチンカンでも、見た目は若い父。彼らには、そんな父がまさか認知症で捜索願いが出ている当人には見えなかったのかもしれない。

オバチャンからの連絡を受けてすぐに、父の無事を警察署に連絡すると
「電話を掛けている人が無事を確認しないと、捜索願いは解除できません。あなたがご自分の目で確認したら、もう一度電話ください」

と電話口の警察官に言われる。

「ハイ、これからは見つけた人が、電話するようにします」

と私。新年早々、「捜索願いの解除方法」を学んだのだった。

父が戻ってきた後、丸1日を父の捜索に費やした私と母の怒りは爆発寸前だったが、近所のオバチャンの「怒っても仕方ないよ」という言葉に少し切ない思いをしながら、「そうだね」と怒りを沈め、何事もなかったように家族仲良くおせち料理を食べた。

家族だけではなく、近所の人の助けなしでは、介護はできないことを実感した日でもあった。

オバチャンヘルパーが日本を救う

父の病院の待ち合い室で見ていると、診察に付き添うヘルパーさんには、圧倒的に「元気」なオバチャンが多い。

年齢は50代から60代ぐらいかなぁ。みなさんとてもイキイキと働いていて、私より（！）キラキラの笑顔がまぶしいぐらいだ。

隣に座っていた付き添いのオバチャンヘルパーは、待ち合い室にあった女性週刊誌の特ダネをおばあさんに読み聞かせ、「ガハガハ」と笑い、なにやら盛り上がっている。

そう言えば、「私のお母さんはヘルパーの資格を取って、昼間は働きに出ているよ」という話を何人かの友人から聞いたっけ。要介護者を抱える家族としてはとてもありがたい話である。

私はオバチャン特有のちょっとお節介でおしゃべり好きのキャラが、ヘルパーという仕事には本当にぴったりだと常々思っている。

人生の酸いも甘いも経験済みのオバチャンヘルパーは、日本の介護問題の救世主なのかもしれない。

太りすぎ

ボクとしたことが
おもらしをするようになってしまった
ガーン
はずかしーっ
いいのよクロ、犬用のオムツしようね
うう…ごめんね杏里…
あ…デブすぎて入らない
はずかしーっ

8章 夢を叶えるために

恋はすごいパワーをくれた!!

両親が過酷な状況になった頃…
私…彼ができたんですー
キャッ
ごめんねー
忙しいんだね…がんばって!!
彼はとても優しくて
一緒にいるだけで幸せだったけど…
ああ……
もっと一緒にいたーい……
ごめん…今日はもう帰らなくちゃ。
でもまた会えるもんねっ
ふん
ふん
ごはんー

会えるのが
嬉しくて
とても幸せ
だったけど……
…あ
帰る時間
ムリしないでね。
デートはたった
3時間程度だった。
そして結果的には
別れてしまった
けど……
恋する日々…
私はすごいパワー
をもらってた!!!
人を好き
になるって
ステキなこと
だよね!!!
…ってなわけで
彼氏募集中!!
てへ♥

フラれた日

実は（別に隠したわけではないですが…）母が卵巣ガンで入院するちょっと前に、年頃（?）の私にタイミングがいいか悪いかはわからないが彼ができた。

そしてお付き合いをして2カ月ぐらいが経過したころ、母が入院。一番ラブラブな時期なのに、休日の昼間は母の病院にリクエストのランチを運び、夜は父の「夕飯早く〜」騒動が起きるため、彼とのデートはいつも、おやつぐらいの時間から夕飯の前までといった、なんとも清く正しい中学生みたいなお付き合いをしていた。

忙しい私を理解し、心の支えになってくれた彼。岡崎家を心配して「お父さんの介護を手伝いに行こうか」と申し出てくれることもあった。

しかし私は、両親もまだ若くて健在（あまり病人の看病をしたことがない）と言う彼に、トンチンカンな父の厳しい介護の現実や、抗ガン剤の治療に顔をゆがめて耐える母を見せたくなかった。それに、きっとそこで悲しい顔をしている自分を見せるのが、一番イヤだった。

また彼といるときぐらいは、両親のことを忘れたかったというのも本心かもしれな

い。さらに同じ年齢ぐらいの女の子とは、あまりにかけ離れた暮らしをしている自分や、岡崎家の現実も知られたくなかった。

そんな私の思いで、彼にはつらい現実の半分も打ち明けられないでいた。

ところがある日、母と同じ部屋でとても仲良くしていた、私とも歳の近いMちゃんが壮絶な闘病の末に亡くなった。

またその頃ちょうど、「卵巣ガンは遺伝する確率が高いから」という母の主治医の忠告により私自身が受けた検査が、再検査になってしまった（結果は卵巣膿腫になる危険があるが、今はまだ大丈夫な状態）。

「自分も卵巣ガンかもしれない」という恐怖と、昨日まで母と一緒につらい抗ガン剤治療に耐え、元気になることを信じてやまなかったMちゃんと母の姿が重なり、「母もそうなってしまうのではないか?」という不安で、押しつぶされそうになった。だけど二人でいると、それらの不安のすべてを忘れることができた。

道は2つに分かれて……

ある日、私はずっと彼と一緒にいたいという思いから彼にすべてを打ち明けてしまった。「受け入れてもらいたい」と私のワガママだけで、すべてをぶつけてしまったのだ。

これまで、彼に言うことができなかった両親のすべてや、病気に対する恐怖、そして将来への不安など全部……。

しかしある夢を持っていた彼は、私の抱える現実のすべてを知り、自分が描いている未来と現実とのギャップに激しく動揺した。そして、涙を流しながら「今の自分は、杏里を支えきる自信がない」と一番恐れていたけど、一番正直な気持ちを打ち明けてくれた。

その時、彼との楽しかった時間に忘れていた自分の置かれていた状況の厳しさと、そこから逃れられない事実を思いっきり突きつけられた。そして決して自分は特別だ

と思わないが、まわりの友達とはまた違った壁があることを改めて痛感した。
正直このときが、自分の未来への希望を失ってしまったという意味で、両親の介護・看病の日々の中で一番キツかったことかもしれない。
この悲しい結末の恋に、いけないとわかりながらも「両親の病気のせいで別れを告げられた」と、父と母を恨んだこともあった。
立ち直るまでにはかなりの時間が掛かったが、「私が一番大変だったときを乗り越えることができたのは彼がいたからだ」と、今ではその素敵な日々に感謝している。

みんなを元気にするモノ書きになるぞ！

毎日 両親の介護にあけくれて
ボロッ…
苦難の道を歩いていた私に……
大変な日々にも夢をあきらめずがんばってきた……
カタ
カタ
神様がくれた
ごほうび……
その夢が…
形になったんだ……
以前から 大好きだった全国誌でライターデビューすることができたのだ!!!
きゃあ〜っ
もう、そこらじゅうの人に伝えたいくらい嬉しかった。
これ私が
これ私がかいたんです！

この本買う〜〜〜
よかったね〜〜買いな買いな
←友人
これ全部……
一冊にしとけ。
がんばっていると
願いは本当に叶うんだ!!
今は会社をやめ、福祉の学校に通う日々…。
いってきまーす
たくさんの知識を得て感じた新しい視点で
福祉
いろんな人に夢や癒しを与えられる…
そんなモノ書きになれるようがんばります!!

明日に向かって走れ！

　父のトンチンカンは、相変わらず少しずつ進んでいるようだが、母も元気を取り戻し、私の暮らしも徐々にではあるが、余裕ができるようになった。

　するとこれまで張り詰めていた糸が切れたように私は真っ白になり、治りかけていた不眠症や過呼吸が再発してしまった。

　4度目の挑戦で出会った心療内科の先生からは、

「気を張り詰めて常に頑張る状態が長く続いた人は、頑張らなくていい落ち着いた状態になかなか心を慣らすことができません。岡崎さんは軽いウツ状態になってしまったのかもしれませんね」

　と診断されてしまう。

「え～っ？　平穏な暮らしでも心は元気になるどころか、ウツになってしまうの？　私が普通に暮らせる日は、いつになったら、くるの？」

　この診断は正直ショックだった。一度バランスを崩してしまった心は、そう簡単には治らないらしい。

そこで私は単純に、これまでの不安や恐怖でいっぱいだった心を、夢や希望で満タンにしようと考えた。
長い間父の介護と母の看病のことばかりで、自分の夢などじっくり考えたことがなかった。そこで、まるで小学生が作文を書くように、自分の夢について改めてじっくり考えることにした。

●自分の人生を楽しむために

学校を卒業後、本が好きで、編集者として人が書いたモノ（原稿）を編集し、雑誌や書籍を作る仕事をしてきたが、まっさらな気持ちになって本当にやりたいことを考えたとき、「自分は書く人になりたい」ということに気がついたのだ。

ある日仕事で手にした本に、編集者やライターを育成する講座のリーフレットがはさんであるのを見つけた。心を決めた私は即座に、その講座を申し込んだのだった。勉強ギライの私が、人生で初めて「勉強は面白い」と感じ、1回も欠席することなく半年間の講義に通った。また、同じ夢を持つ仲間との出会いに刺激を受け、「自分も頑張ろう」と、ヘビーな課題も楽しくこなせた。気がつくと私の心は夢や希望で満タンになり、不眠症や過呼吸で悩むことは、もうなくなっていた。

そして神様は、夢への第一歩を歩き出した私に、人生を大きく変えるうれしいご褒美を与えてくれた。家族のこれまでのことを書いた卒業制作が優秀賞を受賞し、それがこの本へとつながったのだ。

まさに夢が叶った瞬間である。まさか、あのつらい日々が報われる日がくるなんて、思ってもいなかった。人生にはムダなことなんてないのだ。

またフリーランスのライターとして、全国の書店で売っている雑誌に自分の名前の記事が載った。初めて自分の書いた記事が載った雑誌を、本屋で見つけたときの感動は今でも忘れられない。

今、やっと私は暗いトンネルから抜け出て、夢のために走り始めたところだ。

すべての
ことに
意味が
あったんだ!!

みんなのオアシス、岡崎家へ！

岡崎家には来客が多い。
こんにちは――っ
あ～～らいらっしゃ～～い
いやっほっ
ガハハハハ
がハハ
でもある日気づいた。
ガハハ…
みんな私と話をしたくて来るのよっ
は～～？
うぷぷっ
みんながハガハ笑いがうつってる…
しかも本当に楽しそう…

つい先日は
ホラ そろそろ帰るわよ
ご近所様の犬が
帰宅拒否!!
キューン
人生前向きにー!!
こんな母の生き方は、周りの人達にも知らないうちに伝わっているのかも…
楽しいからもっとここにいたいんだよねーーっ
…
人間はもちろん、犬でもネコでもみーんなが笑顔になれるところ…
まんざらそれもまちがいじゃないのかもしれない…なんて思った。
そんな「岡崎家」であることが私達の夢です!!!
ガハハ…
あははは…

母の夢、私の夢

つらかった日々は、私に大きな夢と、夢を叶えるチャンスを与えてくれた。

どんな暗闇にもいつか必ず、光が差す時がやってくる。その光をしっかりと受け止めると、不思議と前向きなことが次々と心に浮かんでくるのだ。すると、身の回りにラッキーなことがたくさん起こる。ひとつの小さなきっかけ（講座に通ったこと）で、私の人生は大きく変わり始めた。そして夢の第一歩が、今、この本となった。

この本を読んだあなたが、一瞬でも「介護」について考えてくれたらうれしい。なぜなら、その日はなんの前ぶれもなく、突然やってくる。ここに書いてあることは決して特別なことではなく、明日、あなたに起こることかもしれないから。幸いにも最強の運をもった母は、卵巣ガンから奇跡の復活を遂げ、今は私と一緒に父の介護をしている。だが病院で一緒にガンと闘った仲間の多くは、元気になっておうちに帰る夢を叶えることができなかった。

私と母は、一緒にガンと闘った母の仲間の命日が来るたびに、「その人の分まで、一日一日を大切に過ごそう」と心に誓っている。

ココロが変わると、まわりも変わるんだ

誰かのために、自分のために

夢の第一歩が動き出した私は、さらに大きな夢を見つけた。

それは「たとえ多くの人に読まれることがない小さな記事でも、人を元気にできるような文章を、これからもずっと書き続けていきたい」という夢だ。

さらに今は父の事業の切り盛りで、てんてこ舞いな毎日を送る母であるが、最近目をキラキラさせながら、第2の人生の夢を語るときがある。

これまで自分はたくさんの人に助けられ、今はなんとか元気になった。そのお礼として、自他ともに認める元気パワーで、困っている人に笑顔になってもらえるようなボランティアをやりたいというのだ。

母の夢が、母の心を満タンにする日も近いだろう。夢を叶え、多くの人に恩返しをするためにも、これからはずっと元気でいてもらわないと困る。

また父には、どんなに介護が必要になっても、毎日を父のペースで一所懸命頑張って生きてもらいたい。

万が一、また困難がやってきても、ちょっとやそっとじゃ負けない岡崎ファミリー。少しずつでも夢を叶えるために、今日も一生懸命生きている。

このワクワク感
ひさしぶりっ

みんなみんな、ありがとう！

父が倒れてから10年——
本当にいろいろなことがあった。
でも、多くの心強い応援者に出会うことができた。
父の病院の先生や看護師さん
甘いジュースはだめですよ!!
ははは…
母の病院の先生や看護師さん
本当に治る——?!
大丈夫よ
同じ病室で闘う患者の皆さん。
がんばろ～
私の心の風邪も治してくださった心療内科の先生
一人で悩まないのよ!
父の介護保険のことや他にもいろんなことを教えてくれたNさん。

おいしいおかずを届けてくださるご近所の皆さん。
これどーぞ!!
残念ながらご縁はなかったようだけど……当時の彼。
すみません遅刻してっ
迷惑ばかりかけても支えてくれた会社の同僚。
いーよ
ムリしないでよ!
いつでも相談にのってくれる友人たち……
本当にたくさんの人の支えがあったから私たちはここまでやってこれたんだ。
まだまだゴールはみえない岡崎家ですが……
みんな本当にありがとう!!
これからもよろしくお願いします!!

これからも続く「介護マラソン」

要介護者の家族を抱えている人から、「あなたはラッキーなほうよ。みんながみんな、そんなに良いヘルパーに出会えたり、良心的な施設に通える訳じゃないのよ」と言われたことがあった。

私はひとりっ子で、両親の親戚は、みな遠くの東北地方に住んでいる。そのため、なにかあっても親戚を頼りにすることは難しい。だから、「両親の介護と看病は、誰にも頼らずたったひとりで頑張るのだ！」と思い込んでいた。その結果、4軒もの心療内科を転々とするほど、心の健康を壊してしまった。

ところが私の周りには、週末に泊まりに来ては父の介護を手伝ってくれた友人や、ほぼ毎日夕飯のおかずを届けてくれたご近所さんをはじめ、会社の同僚、ケアマネジャーさんやヘルパーさん、両親の病院の医師や、看護師さんなど、実に多くの人々がいて、私を、岡崎家を、支えてくれていた。

そして私が助けを求めれば、彼らはいつでも救いの手を差し伸べてくれていた。確かに私は幸運者なのだ。

特に介護は、どちらかというと日々前進ではなく、「一歩進んでは二歩、いや三歩も四歩も下がる」日々。

たとえば昨日までできたことが、ある日突然できなくなる。それは、自分の家に帰れなくなってしまうことだったり、トイレに行けなくなってしまうことだったり。

健康な人ならば、普通にできる当たり前のことが、ある日突然できなくなる恐怖。また、それを理解し、支える家族。

これは介護する人、される人にしかわからない。どちらも不安に押しつぶされ、ときには互いに苛立ち、罵り合い、大ゲンカとなる。ときには見えない未来に焦り、大粒の涙を流すこともある。

実は、そんな日のほうが多いかもしれない。

だけど、罵り合う大ゲンカの前に、未来に焦り大粒の涙を流す前に、ちょっとだけ自分の周りを見回してみよう。

すると、ひとりぐらいはあなたの力になってくれそうな人がいるはずだ。

もし、そんな人が頭の中に浮かんでしまったら、いつか倍返しをするつもりで「頼ってみちゃってもいいのだ」と私は思う。

頼ってみちゃって、自分が元気になったら、頼られた人はきっと喜んでくれるはず。

私はそのことに、両親の介護と看病の日々で気がつくことができた。また、気づかせてくれた、つらい日々に感謝である。

そして、つらい日々が永遠に続くなんてことはない。いつかきっと終わりがあり、その後にはきっと大きな幸せが待っているだろう。もし、今、悩み苦しんでいる人がいるのならば、その経験こそがいつか自分を助け、大きな幸せに繋がると信じよう。

信じていれば、絶対に叶うと思っている。つらいことだって、悲しいことだって、人生にムダなことなんてないのだ、と感じることが日々たくさんあるから。

父の介護生活は、まだまだ続き、終わりなんてどこにあるかわからない。さらに、父の脳はどんどん壊れていくだろう。これからも岡崎家は、当分ゴールの見えない「介護マラソン」を走り続けなくてはならない。

ずっとずっと、
一緒だよ！

だけど、もう私はひとりじゃない。多くの人々が応援してくれている。

誰にも相談することもできず、たったひとりで「介護マラソン」を走ることになってしまった人がたくさんいる。そしてひとりで悩み苦しみ、介護地獄に陥ってしまう人も多く存在する。私だって、走り始めの頃は、どこに進んだらいいかまったくわからず、ただ暗闇の中をひたすら走る日々だった。

しかし、多くの伴走者や応援者がいることを知り、今は少しではあるが、景色を眺めながら「介護マラソン」を楽しむ方法を見つけることができた。

それは、この「笑う介護」のおかげである。

つらい中にも必ず「笑い」はあるのだ。それを見つけようとする努力するだけで、モノクロだった景色に色が付き始め、つらい日々を乗り越えることができる。

遅かれ早かれ誰もが、避けて通ることのできない「介護」。あなたが介護する人になるかもしれないし、介護される人になるかもしれない。でも、心配しないでほしい。もし、あなたが突然「介護マラソン」に参加することになってしまったとしても、必ず力になってくれる人はいるのだ。

この過酷なレースは、決してひとりでは走れない。伴走者や沿道の応援者の応援があってこそ、走り続けることができるのだ。

不思議な家、岡崎家

依然バリアフリーとは無縁な家に住む岡崎ファミリーの、ちょっとでも住みよくするための暮らしのアイデア(?)をご紹介。

まずは、家族の集いの場である居間。これまでは畳にコタツ的な暮らしをしていたが、畳の部屋にジュータンを敷いて、机とイスの生活となった。

初めて岡崎家を訪れた人のほとんどが、「なんか、アンバランスな部屋だね」と、見たまんまのコメントをくださる。

そして今では懐かしの和式トイレも、介護保険の住宅改修サービスを一部に利用して洋式トイレに変更した。

そう！　和式の家がどんどん中途半端に洋式化している。

また至るところに手すりが付けられ、水道の蛇口の取っ手も父が握りやすい独特の形のものに変わった。

さらに段差には、スノコを2段に重ねて、少しでも段差がないようにささやかな工夫をしている。

どれもこれもみんながハッピーな生活を送るための知恵なのだ。

クロ専用ロード

こうみえて
ボクは高齢
こないだも
階段から
落ちちゃった。
クロのために
すべり止めじゅうたん
ひいたよーーっ!!
ふみはずさない
ように光る
テープも♥
わん
ありがと
杏里!!
すまんなー
オレのために!!
もつべきものは
家族だなー
クロのため
だったとは
言えない……

おわりに
――みなさんあっての岡崎家です――

ハッキリ言って、介護や看病は本当につらい。実際はそんなに笑えることはなかなかないかもしれない。

たとえば私の介護と看病の日々を「喜怒哀楽」に当てはめてパーセンテージで表わすと、「喜」が5％、「怒」が45％、「哀」45％、「楽」5％という感じだろうか。

しかし、努力と考え方次第では、「怒」や「哀」のパーセンテージを減らし、「喜」と「楽」のパーセンテージを増やすことができるような気がした。私はこの本を書くにあたり、そのパーセンテージを増やすように心がけてみた。

すると、どんなにつらい介護の中にも「実はうれしい」「実は楽しい」「実はおもしろい」が結構潜んでいたのである。

そんな発想の転換から生まれた「笑える話」をこの本で紹介させていただいた。

その変換作業はとても大変だったが、やってみると意外にハマり、今では父や母の会話をメモするのが習慣となった。

また、介護のことをまったく知らない私が、「介護保険」を利用する家族側から見た戸惑いなどをできるだけそのまま伝えたい、と思ったとき、相談や介護に関する知識を教えてくださったケアマネジャーのKさん、U先生のおかげで、難しい介護の問題を私なりに表現することができた。

ここでひとつ、悲しい報告。

岡崎家のアイドル、クロがこの本の完成を待たずに、その生涯を終えた。岡崎家のちょっとつらい日々を、つぶらな瞳で見守ってくれていたクロ。最後の最後まで、みんなのアイドルだった。

その証拠に、クロの納骨式に近所の方が10人も参列してくださった。お寺の住職さんが、「こんな犬は初めてです。多くの人に愛されていたんですね」と感心していた。クロは本当にみんなに愛されていたんだなぁ～と、クロの偉大さを感じる出来事だった。今は、まだちょっとその悲しみから立ち直れていないけれど、「きっと、天国から相変わらず、困ったことだらけの岡崎家を見守ってくれている」と信じている。

クロ、引き続き、岡崎家を頼んだよ！

そして、どこかで見ていたのでは…と心配になるぐらい岡崎家の日常をリアルにマンガにしてくださった松本ぷりっつ先生、

コミカルにマンガの構成をしてくださった佐藤マキさん、

私に夢の第一歩となるチャンスを与えてくださった、成美堂出版の高橋千景さん、本当にありがとうございます。

天国に召されてしまったNさん、Hさん、Sさん、完成した本を読んで欲しかった……。夢の中でもいいので、感想、待ってます！

最後に、勝手にこの場を借りて、これまで岡崎家を助けてくれた方々全員に「ありがとう」！

きっと、ここに名前を挙げたら、何十ページにもなるぐらいの、多くの方々に助けられていることだろう。本当は一人ひとりに抱きついて、手を握って「ありがとう」と言いたいくらいだ（会える人には抱きつくかもしれません……）。

自分が本当に困ってみて、人の優しさ、ありがたさに気が付くことができた。

本当に、本当に、本当にありがとう。

おかげ様で、今日も岡崎家はマイペースに頑張っております！

笑う介護。

著　者
松本ぷりっつ　岡崎杏里

発行者
深見悦司

発行所
成美堂出版

〒162-8445　東京都新宿区新小川町1-7
電話(03)5206-8151　FAX(03)5206-8159

印　刷
広研印刷株式会社

ISBN978-4-415-40029-7
落丁・乱丁などの不良本はお取り替えします
定価はカバーに表示してあります

sasaeru文庫